Ayman Sikseck

Reise nach Jerusalem

Roman

Aus dem Hebräischen
von Ruth Achlama

ARCHE
PARADIES

Ich schreibe in der hebräischen Sprache,
die nicht meine Muttersprache ist,
um auf der Welt verloren zu gehen.
Wer nicht verloren geht,
wird das Ganze nicht finden.
Denn jeder hat die gleichen Zehen an den Füßen,
die er behutsam einen vor den anderen setzt.

Aus »Ich schreibe Hebräisch«
von Salman Masalha

Seit ich von meiner Mutter weiß, dass Samaher ihre Bedenken aufgegeben hat und endlich der Heirat zustimmt, kann ich ihr kaum noch in die Augen sehen. Der Gedanke, dass meine Schwester wegen dieser arrangierten Ehe alle anderen Zukunftspläne über den Haufen wirft, macht mir eine Gänsehaut und irgendwie auch ein heftiges Schuldgefühl, vor allem jetzt, da ich überlege, nach Jaffa zurückzukehren.

Samaher weiß, ich habe nichts damit zu tun, dass sie mit einem Mann verheiratet wird, den sie anfangs nicht akzeptieren wollte und den ich noch nicht einmal kennengelernt habe. Das Recht, in derlei Dingen zu entscheiden, hat Mutter ihren beiden Brüdern übertragen, die natürlich nichts auf die Meinung ihres jüngsten Neffen geben. Und wenn ich mutig genug gewesen wäre, den beiden die Stirn zu bieten und ihre Beschlüsse in Zweifel zu ziehen oder sie auf ihren Fehlgriff hinzuweisen, hätte ich Mutter damit so viel Kummer und Sorge bereitet, dass sie mir vor meiner Rückfahrt nach Jerusalem wohl nicht mehr verziehen hätte.

Trotzdem wurde ich dieses dumpfe Schuldgefühl nicht los. Seit ich mit dem Studium begonnen habe, bin ich überzeugt davon, für meine Familie, und vor allem für meine Mutter, eine Enttäuschung zu sein, weil ich nicht den Platz eingenommen habe, der mir nach Vaters Unfall zugekommen wäre. Wenn ich damals nicht so in meine Bücher vertieft gewesen wäre, hätte Mutter die Almosen ihrer Brüder vielleicht nicht annehmen müssen. Aber Samaher und ich haben nicht auf sie gehört: Gleich nach dem Abitur schrieb Samaher sich fürs Pädagogikstudium ein und betätigte sich ehrenamtlich im jüdisch-arabischen Gemeindezentrum. Sie war auf die regelmäßige finanzielle Unterstützung unserer Onkel angewiesen, die man ihr zähneknirschend und mit saurer Miene gewährte. Ich wiederum zog mir Mutters Ärger zu, weil ich unbedingt in Jerusalem studieren wollte. Jetzt musste ich kleinlaut eingestehen, dass sie vielleicht recht gehabt hatte. So hatten Samaher und ich uns die Zukunft nicht ausgemalt, als wir Schulter an Schulter auf unserem geteerten Flachdach lagen und einander erzählten, was für große Ambitionen wir hegten. Samaher hatte beteuert, dass sie nicht vor ihrem achtundzwanzigsten Geburtstag heiraten würde, und auch dann nur, wenn sie bis dahin ihren Master in der Tasche hätte. In den letzten Tagen, als ich noch öfter als sonst an sie dachte, sah ich sie vor mir, wie sie mit geballten Fäusten beteuerte, dass sie Vater noch einmal Reue lehren würde, wenn er erst ihren Erfolg zu sehen bekäme. Ihr zuliebe hatte ich sie so aufmerksam angesehen, als würde ich kein einziges Wort verpassen wollen. Als ich heute niedergeschlagen im Bus zurück nach Jaffa saß, hoffte ich, sie nicht zu Hause anzutreffen, wenn ich gegen Abend ankam. Am liebsten wäre mir sogar, wenn ich sie bis zur Verlobungsfeier am Samstag gar nicht sehen würde.

In Gedanken versunken, beugte ich mich über meinen Rucksack und zog das alte Notizbuch heraus. Seine Ecken sind abgenutzt, die Seiten vergilbt und zerfleddert, aber ich mag es lieber als das neue, das Samaher mir geschenkt hat, als ich aus Jaffa wegzog. Die Seiten sind fast alle vollgeschrieben, sodass ich neue Notizen auf die Innendeckel, die Seitenränder oder in winziger Schrift zwischen die bestehenden Zeilen kritzeln muss. Aber wann immer ich etwas notieren möchte, scheint mir das alte Notizbuch eine weitere Schreibfläche einzuräumen. Ehe ich jedoch diesmal etwas schreiben konnte, rief der Fahrer Tel Aviv aus und stellte den Motor ab. Ich steckte das Notizbuch zurück in den Rucksack und stieg aus.

In der Gasse vor dem Busbahnhof trat ein junger Mann mit Kippa auf mich zu. Er trug einen ganz ähnlichen Rucksack wie ich über der Schulter und hielt mir ein Büchlein hin, das beiderseits in Kartondeckel gebunden und mit ungeübter Hand bepinselt war. »Der Psalter, Kamerad«, erklärte er und deutete mit der freien Hand auf ein improvisiertes Schild, das er an einen Strommast gelehnt hatte. »Fünf Schekel, um die Synagoge zu retten. Na, was sagst du? Eine Mizwa.« Ich sah zerstreut auf das Schild und erkannte die Synagoge, um die es ging. Ich steckte die Hand in die Hosentasche und holte ein paar Münzen für ihn heraus. »Danke, Kamerad, vielen Dank«, sagte er. Er heiße Jigal, stellte er sich vor, drückte mir die Hand und übergab mir das Büchlein. Ich setzte den Rucksack ab, um es einzustecken, aber meine Finger verhedderten sich und rutschten immer wieder vom Reißverschluss ab. »Lass mich mal!« Jigal beugte sich hinunter und öffnete mit einem schnellen Ratsch das große Fach. »Der ist genau wie meiner.« Sein rascher Griff nach meiner Tasche machte mir Angst, es fühlte sich an, als hätte er einfach so eine Tür aufgerissen, die ich sonst sorgfältig geschlossen hielt. Ohne sein Lächeln zu erwidern, nahm ich meinen Rucksack und ging davon.

Ich kam später als erwartet nach Hause. In unserem Viertel begrüßten mich die Straßenlaternen und warfen ihr Licht auf die Begonien, die noch einmal blühten. Ich vergewisserte mich, dass Samahers Wagen nicht da war, und ging ins Haus. Als die Tür ins Schloss fiel, hörte ich, wie meine Mutter zu jemandem in der Küche sagte: »Da ist er.« Sie kam mir entgegen und flüsterte mir auf dem Gang zur Küche ins Ohr: »Dein Onkel ist da.« Unnötig zu sagen, welcher, denn nur der eine besucht uns hin und wieder. Ich setzte mich an den Tisch, möglichst weit von unserem Gast entfernt, und klemmte den Rucksack zwischen meine Beine. In diesem Moment freute mich der Gedanke an all die Abende, die ich an diesem Tisch verbringen würde, sobald ich Mutter mein Versagen eingestanden hatte und nach Jaffa zurückgekehrt war.

»Was gibt es denn zu lächeln?«, fragte mein Onkel verwundert und zündete sich eine Zigarette an. Die Frage überraschte mich.

»Nichts«, quetschte ich hervor und suchte Mutters Blick.

»Noch dazu so ein breites Lächeln«, fuhr er fort. »Aber du hast ja auch guten Grund dazu, nicht wahr? Die Geschäfte florieren gegenwärtig, und wir können dir problemlos dein Studium finanzieren.« Er fixierte mich und betonte die Worte »dein Studium«, als würde er mir damit meinen Egoismus vor Augen halten wollen. Ich reagierte trotzdem nicht und ließ ihn weiterreden: »Aber vor allem musst du dich bei Samaher bedanken, nicht wahr?«

Mutter sah ihn an.

»Habe ich etwa nicht recht?«, sagte er und blies Rauch in die Luft. »Er hat doch immer gewusst, dass wir die Studiengebühren für beide auf einmal nicht aufbringen können.«

Der Rucksack lastete jetzt schwer auf meinen Füßen. Ich kickte ihn zur Seite und streckte mich verlegen.

»Sie hätte ohnehin geheiratet«, wandte Mutter ein und suchte mit ihrer Hand nach meinem Nacken. In diesem Moment, im weichen Abenddunkel der Küche, war ich nahe daran, ihr um den Hals zu fallen, ihr zu sagen, dass sie recht gehabt hatte, dass ich nie hätte ausziehen dürfen und dass ich jetzt zurückkommen wollte, nach Jaffa, zu ihr, ein für alle Mal. Ich hatte das völlig unsinnige Gefühl, gleich würde mir eine Ader platzen und mein ganzes Gesicht überfluten. Aber unser Gast ließ kein Auge von mir, und seine Anwesenheit verlieh dem Gedanken etwas Lächerliches. Ich musste an den selbst gebastelten Psalter denken und überlegte, ob der Fußtritt das Buch so kurz nach dem Kauf womöglich in fliegende Blätter verwandelt hatte.

Am Samstagabend erschien Samaher in einem blauen Kleid, das ihr Bräutigam ihr gekauft hatte. Ich wusste, dass sie diese Farbe noch nie ausstehen konnte, wunderte mich aber trotzdem nicht bei ihrem Anblick. Als ich an den Ecktisch im Wohnzimmer trat, um mir ein Glas Wasser einzuschenken, hörte ich einen der Anwesenden sagen, man könne denen von der anderen Seite des Trennzauns einfach nicht klarmachen, was guter Geschmack sei. Das Haus wimmelte von Gästen, und alle suchten aufgeregt die Hauptperson der Feier, meine Mutter, um dem Ehebündnis Glück zu wünschen. Der zukünftige Bräutigam sagte gar nichts. Er saß kerzengerade und in sich gekehrt neben Samaher und zerbröselte einen Keks zwischen seinen Fingern. Nur sein angespannter Blick schweifte durch den Raum und zog überall Aufmerksamkeit auf sich.

Immer mehr Gäste trafen ein und brachten hübsch verpackte Geschenke und Blumensträuße. Die meisten waren wohl Verwandte des Bräutigams und sprachen ein militantes, krachendes Arabisch, von dem mir nur ein paar Splitter vertraut vorkamen. Angestrengt lauschte ich ihren Gesprächen. Sie drehten sich um die Braut und darum, wie gut die beiden Familien doch zusammenpassten. Jemand erwähnte die alte Synagoge am Rand des Viertels und den seit Jahren andauernden Kampf um die Rückgabe des Gebäudes an die Familie, die 1948 daraus geflüchtet war. Ich musste an Jigal denken, stopfte mir einen Keks in den Mund und hastete in mein Zimmer. Dort blieb ich am Fenster stehen und betrachtete die Gebäude gegenüber. Sie wirkten näher als sonst und starrten mit erleuchteten Fenstern auf den wachsenden Trubel in unserem Wohnzimmer. Mir wurde heiß, trotzdem machte ich die Fensterläden zu und beschloss, einige Zeit hierzubleiben und das Geschehen von meinem Zimmer aus zu verfolgen. Der schmale Türspalt gab zwar nicht viel preis, aber ich konnte meine Mutter und einige der Fremden beobachten. Samaher und ihren Verlobten sah ich allerdings nicht mehr. Die lachenden und fröhlichen Stimmen der Gäste ärgerten mich, ich grollte ihnen allein dafür, dass sie im Haus waren. Ich musste mir immer wieder sagen, dass am nächsten Tag keiner mehr da sein würde, nur noch Mutter und ich, und dass das ganze Haus, das früher Vater und mir gehört hatte, fortan nur noch meins sein würde. Gleich morgen früh würde ich in der Universität anrufen, dort mitteilen, dass ich das Studium abbreche, und dann gleich auf Arbeitssuche gehen. Ich werde nach Jaffa zurückkehren. Der Gedanke an Mutters Reaktion munterte mich auf. Ich legte mich aufs Bett, schloss die Augen und wäre vermutlich eingeschlafen, wenn sich nicht die Zimmertür geöffnet hätte. »Samaher …«, flüsterte ich.

Bis vor Kurzem war das unser gemeinsames Zimmer gewesen. Samahers Bett hatte hinter einer Zwischenwand aus Gips gestanden, die in der Mitte des Raums eingezogen worden war. Morgens hatte ich das matte Ächzen ihrer Schubladen hinter der Wand gehört und gewusst, dass es Zeit zum Aufstehen wurde. Dort, wo die Wand gestanden hat, ist ein heller Streifen zurückgeblieben, eine Art Mahnung, dass hier die Grenzen zu Samahers Reich gelegen haben.

»Möchtest du dich setzen?« Ich spürte, dass meine Wangen glühten. Samaher gab keine Antwort. »Setz dich. Ich räume meine Klamotten vom Bett …«

Sie kam näher und ließ den Blick umherschweifen, als wolle sie sich über ihre Position in dem neuen Raum klar werden. Dieses Zimmer war ein weiterer Bereich, aus dem ich sie unweigerlich verdrängt hatte. Ihr Blick blieb an dem alten Schaukelstuhl unseres Vaters hängen und wurde starr. Auf dem Stuhl lag lässig hingeworfen mein Rucksack. Der Psalter, den ich gekauft hatte, lugte daraus hervor. »Der ist fürs Studium …«, log ich. »Du weißt, wie das ist. Ich muss ihn lesen und eine Arbeit darüber schreiben, nichts Besonderes.«

Sie schwieg hartnäckig.

»Weißt du«, sagte ich, »vielleicht komm ich zurück. Das heißt, hierher, nach Hause. Ich weiß nicht ...«

Meine Worte verhallten ungehört. Samaher fasste mechanisch ihr Haar zusammen und kam auf mich zu. Das Schweigen lastete im Raum, eine schwüle, bedrückende Stille, die den Trubel draußen fast erstickte. Ich war so angespannt, dass ich bereute, aus dem Bett gestiegen zu sein. Samaher stand vor mir, ich spürte ihren Atem im Gesicht. Unvermittelt holte sie aus und versetzte mir mit aller Kraft eine Ohrfeige, einen einzigen wütenden Schlag ins Gesicht. Ich ließ den Kopf einige Sekunden hängen, dann blickte ich zögernd zu ihr auf.

Sie wandte sich um und ging, ließ die Tür sperrangelweit offen und tauchte in dem Schwarm von Menschen unter, die ich nicht kannte. Ich stand da wie angewurzelt, bis sie ganz verschwunden war, strich mir lindernd mit der Hand über die brennende Wange und ging dann an den Schrank, um die Kleider wieder herauszuholen, die ich hastig vom Bett dort hineingestopft hatte. Ich legte sie neu zusammen und verstaute sie in einem ordentlichen Stapel in meinem Rucksack. Ich musste morgen zurück nach Jerusalem, wie geplant. Ende des Monats begann das neue Studienjahr.

Scharihan und ich trafen uns erst eine Woche später, an unserem üblichen Platz in der Altstadt von Jaffa, dort, wo uns kaum einer sehen kann und die, die es doch können, nicht wissen, wer wir sind. Sie war müde und zerzaust und lief fast automatisch den Pfad entlang, der die Mole überblickt. Nur ab und zu sah sie sich nach mir um, um sicherzugehen, dass ich hinter ihr war. Der schmale Weg beginnt am Eingang zur Altstadt, wo große Paradesoldaten aus Beton die Touristen begrüßen, macht dann einen Bogen und verliert sich schließlich auf einer gesichtslosen Sand- und Geröllfläche. Ich folgte ihr langsam, hielt hier und da inne, um ein paar Steine aus dem Weg zu kicken und so zu tun, als hätte ich kein besonderes Ziel. Als wir endlich unseren Treffpunkt an der bröckelnden Rückwand eines alten Restaurants erreichten, empfing mich Scharihan mit offenen Armen und zog mich an sich. Wir standen lange eng umschlungen, dann küssten wir uns zu den Schreien der Fischer, die auf den Felsen unter uns standen und ihre Netze einholten.

»Wenn du mit meinem Vater sprechen würdest, bräuchten wir uns nicht so zu verstecken«, sagte sie. Hinter uns brummte der Abzug der Klimaanlage des Restaurants und stieß heiße Luft und den penetranten Geruch brutzelnder Meeresfrüchte nach draußen.

»Meinst du, dieser Geruch wird uns als Fastenbruch ausgelegt?«, fragte ich scherzhaft.

»Wir haben ja wohl schon bewiesen, dass die Einhaltung religiöser Gebote nicht unsere Stärke ist«, erwiderte sie, ohne mich anzusehen. Dann lehnte sie eine Weile den Kopf an meine Schulter, trommelte versonnen mit den Fingern auf meine, ließ schließlich von mir ab und vergewisserte sich erneut, dass die Luft rein war. Als sie keinen der Menschen ringsum erkannte, wich sie in die Nische hinter dem Restaurant zurück, lehnte den Rücken an die Mauer und knöpfte ihre Bluse auf.

Auf dem Rückweg in die Stadt sahen wir ein Pärchen in unserem Alter Arm in Arm zum Kedumim-Platz abbiegen. Wir folgten den beiden, bis sie verschwunden waren, und blickten uns dann schweigend an. Später ließen wir uns auf unserem Stammplatz nieder, einem Rasenstück mit Blick auf Tel Aviv, auf zwei schmalen Bänken, die durch eine Reihe niedriger Blumentöpfe getrennt sind und daher als unverfänglich gelten. Wir schauten auf die Hochhauskette am Strand und unterhielten uns. Ich erzählte ihr von Samahers Verlobungsfeier, von ihrem blauen Kleid.

»Das heißt, du kommst doch nicht nach Jaffa zurück?«

»Ich weiß es nicht«, seufzte ich.

Scharihan schwieg und rollte einen langen Grashalm zwischen den Fingern.

»Ich hab jetzt schon Sehnsucht.«

»Nach Jaffa?«, fragte sie.

Ich lehnte mich auf meiner Bank zurück. Scharihan und die Tel Aviver Häuserkette verschwanden aus meinem Blickfeld, und ich sah nur noch den Himmel, der sich glasklar bis ins Unendliche dehnte. »Nach Samaher«, antwortete ich.

Am späten Nachmittag verließen wir die Altstadt. Immer größere Schwärme von Touristen mit kleinen Fotoapparaten strömten uns entgegen, hoben den Blick zu jeder Mauerritze und blieben stehen, um einem Flötenspieler Münzen zu spenden. Einer von ihnen, ein Mann in langer Cordhose und verschwitztem Pullover, der die Witterungsbedingungen an seinem Reiseziel wohl falsch eingeschätzt hatte, blieb stehen und fragte uns, wo es zum Ramses-Tor ginge. Ich erklärte ihm den Weg, und er wandte sich wieder den beiden Personen zu, die hinter ihm standen und offenbar auf Anweisung warteten.

»Das ist wohl ein Zeichen, dass es Zeit zum Aufbruch wird«, sagte Scharihan und lief mir voraus die breiten Stufen zur Hauptstraße hinunter.

»Ich kann diese Begeisterung für das Ramses-Tor nicht begreifen«, sagte ich, ihr nacheilend.

»Was soll das heißen?«

»Das Ding steht hier schon seit Jahren, und es ist nicht mal echt. Es ist eine Nachbildung, und den übrigen Palast hat man noch gar nicht ausgegraben.«

»Na und? Es ist trotzdem wunderschön, schließlich zieht es so viele Touristen hierher.«

»Es ist sehr schön«, bestätigte ich. »Aber es ist und bleibt eine Nachbildung. Man hat es lediglich dort aufgestellt, wo das ursprüngliche Tor gestanden hat, aber diese Touristen schmelzen dahin, als würden sie Ramses persönlich erblicken.«

»Auch wenn's nicht echt ist«, sie hob die Stimme und klang ungeduldig, »es kommt in diesem Fall der Echtheit so nahe wie möglich. Das echte Tor existiert nicht mehr. Die mickrige Nachbildung ist alles, was wir haben.« Sie beschleunigte das Tempo, und ihr welliges Haar wehte im Gehen nach hinten. Ich konnte mich nur mühsam enthalten, nach ihrem Haar zu greifen. »Manchmal muss man auch das Unechte akzeptieren«, fuhr sie fort, ohne mich weiter zu beachten. »Weil nichts anderes übrig bleibt, verstehst du? Wenn Jaffa dir nur diese Nachbildung und nicht das echte Tor zu bieten hat, dann kannst du es annehmen oder nicht. Uns bleibt keine andere Wahl.« Sie verschränkte im Gehen die Arme vor der Brust, zum Zeichen, dass die Diskussion damit beendet war.

Am Anfang der Straße zu unserem Viertel saßen fünf Männer auf Korbstühlen, rauchten Wasserpfeife und bliesen provozierend den Rauch in die Luft. Wir sahen sie von Weitem und vergrößerten geflissentlich den Abstand zwischen uns, bis wir an ihnen vorbei waren. Von den Balkonen über uns wehten die Gerüche von kochendem Reis, Olivenöl und Petersilie und die Stimmen ferner Frauen herüber, die jemanden zum Essen riefen. Die Sonne traf die Gebäude im Rücken und sorgte für die typische träge Stimmung eines Jaffaer Spätsommerabends. Die breiten Bürgersteige waren mittlerweile voller Händler, die auf raschelnden Alufolien haufenweise Obst und Gemüse oder buntes Plastikspielzeug feilboten. Wir schlenderten zwischen ihren Ständen hindurch und genossen die körperliche Nähe, die das Gedränge uns aufnötigte.

Scharihan blieb einen Moment vor einer Gruppe alter Porzellanpuppen stehen und führte mich dann zum Stand gegenüber, an dem ein alter Mann mit Fischermütze jedem, der näher trat, gekühlte Melonenschnitze anbot. Stolz trommelte er auf seine wirklich großen Melonen, die er einzeln in Zeitungspapier eingewickelt und zu einer leicht missglückten Pyramide aufgeschichtet hatte. Als wir an der Reihe waren, stach er kurze Holzspieße in zwei Melonenscheiben und reichte sie uns mit erwartungsvollem Lächeln. »Ihr fastet doch nicht, oder?«, fragte er.

Ich schüttelte verneinend den Kopf, und Scharihan senkte ein wenig den Blick. Sie biss als Erste in die Melonenscheibe, machte vor Staunen große Augen und sagte zur Freude des Alten, dass dies die beste Melone sei, die sie seit Saisonbeginn gegessen habe. Angesteckt von Scharihans Begeisterung, kostete ich ebenfalls.

»Wer ist denn die Prinzessin?« Der alte Mann spießte weitere Melonenscheiben auf und reichte sie den Nächsten in der Reihe. »Deine Schwester?«

Ich blickte zu Scharihan und dann wieder zu ihm. »Ja«, antwortete ich, und die Fruchtstückchen wurden mir schwer und klebrig auf der Zunge.

»Ein hübsches Mädchen, ohne den bösen Blick zu beschwören«, bemerkte er, aber ich war schon hinter den Blumenstand geflohen und spuckte den Melonenbrei auf den Bürgersteig. Ich würde Scharihan diesmal nicht zum Abschied küssen können, dachte ich, und das Herz wurde mir schwer. Mir blieb ein bitterer Geschmack im Mund.

Am nächsten Tag, eine halbe Stunde nach der freitäglichen Mahlzeit zum Fastenbrechen, standen Scharihans Bruder Said und ich an seinem Zimmerfenster und beobachteten von hier aus das Geschehen auf der Jerusalem-Allee. Zwei Männer in weißen Overalls machten sich dort gerade auf einer kleinen Hebebühne an einem der hoch oben angebrachten Leuchtschilder zu schaffen und wechselten das Plakat aus. Erst zwölf Tage Ramadan liegen hinter uns, dachte ich und malte im Geist einen weiteren Strich auf die Verzweiflungsliste, die ich insgeheim führte. Said, der das offenbar an meinem Gesichtsausdruck ablesen konnte, legte mir beruhigend die Hand auf die Schulter: »Keine Sorge, es wird von Tag zu Tag leichter.«

Ich glaubte ihm kein Wort, wollte mich aber auch nicht weiter beklagen und keinen Widerwillen durchklingen lassen.

»Danke, dass ihr mich eingeladen habt«, sagte ich. »Es war richtig schön.«

Said nickte. Die Zigarette zwischen seinen Lippen

zitterte, also sagte er nichts, sondern zündete sie an und nahm einen tiefen, genüsslichen Zug. »Jeden Tag warte ich darauf«, er schloss die Augen und blies einen langen Rauchschwall aus dem Fenster. »Wir Raucher haben im Ramadan wirklich zu leiden, denn je nervöser wir vom Hunger werden, desto dringender bräuchten wir eine Zigarette, um ihn zu unterdrücken.«

Es klopfte, und seine Mutter kam herein. »Hier, für die Schmutzwäsche von heute Morgen«, sagte sie, stellte einen halb vollen Wäschekorb neben die Tür und ging wieder.

»Was machen die eigentlich da?« Ich deutete mit dem Kinn auf die beiden Arbeiter im Overall, die gerade wieder auf dem Weg nach unten waren, der eine mit dem aufgerollten Plakat auf der Schulter. Sie verstauten das Plakat in dem Transporter, der am Bordstein parkte, und zogen eine neue Rolle heraus.

»Die wollen hier sicher so ein ›Frohes Fest‹-Schild aufhängen, die haben sie schon in ganz Tel Aviv verteilt.«

»Frohes Fest?!«, fragte ich überrascht. »Aber seit wann interessiert der Ramadan denn die …?«

»Nicht der Ramadan, du Träumer«, unterbrach er mich und lachte laut auf. »Das Laubhüttenfest. Es beginnt in ein paar Tagen. Weißt du das nicht mehr? Wie kannst du das vergessen haben?«

»Jetzt, da du es sagst.«

»In der Grundschule haben sie uns das Gefühl

gegeben, es sei auch unser Feiertag«, fuhr Said halb belustigt, halb verwundert fort. »Wer hat denn damals überhaupt an Ramadan gedacht?«

Jahr für Jahr, zu Ende des Sommers, hatten Samaher und ich auf unserem Hinterhof eine Laubhütte errichtet. Mutter fand sich meist bereit, ein oder zwei Betttücher beizusteuern, die ihr momentan entbehrlich erschienen, und so schafften wir es, zwischen den Zitronenbäumen daraus eine Hütte zu bauen. Unser Hüttendach war immer sehr fragil, weil wir keine Stangen zu Hilfe nahmen, sondern die Betttuchzipfel lediglich an den Fenstergittern befestigten. Bei jedem zweiten Windstoß löste sich das Leintuch und sank uns auf die Köpfe.

»War eigentlich nett«, nahm Said den Faden wieder auf und stieß eine weitere Rauchwolke aus. »Wir haben richtig darauf gewartet, wie auf unsere Feiertage, jedes Jahr. Das hatte was, diese Erwartung. Oder?«

»Stimmt«, bestätigte ich, obwohl mir die Erinnerung jetzt so fern vorkam, dass ich eine sonderbare Wehmut spürte und zugleich ein Unbehagen, so als würde ich heimlich in den Kindheitsfotos von jemand anderem stöbern. »In der Grundschule gab es einiges, von dem wir dachten, es würde zu uns gehören, und dann war's doch nicht so.« Ich drehte dem Fenster den Rücken zu. Aus dem Wäschekorb neben der Tür lugte ein schmales Stück Stoff hervor und bohrte sich wie ein langer Finger durch das Plastikgitter des Korbs:

ein Träger von Scharihans rotem Shirt. Ich wandte rasch den Blick ab. »Fastet deine ganze Familie?«

»Alle. In so einem Haus ist es unangenehm, als Einziger nicht zu fasten. Jeder fastet, weil er sich sicher ist, dass alle anderen es auch tun werden.« Er schwieg eine Weile und sah mich dann mit einem unterdrückten Lächeln an: »Sag mal, erinnerst du dich noch an die vier Arten, die in den Feststrauß zum Laubhüttenfest gehören?«

»Nein, wirklich nicht.«

»Ich schon«, sagte er, sichtlich zufrieden. »Findest du das nicht zum Lachen? Im Iran hätten sie mich wegen weniger als dem längst aufgeknüpft. – Wir sind echt zwei Ungläubige, du und ich, ha?«, fügte er mit etwas wackliger Stimme hinzu.

»Die haben uns doch jedes Schuljahr damit vollgequasselt«, glaubte ich, ihn trösten zu müssen. »Kein Wunder, dass du das genauso intus hast wie deinen Namen.«

Said nahm einen letzten Zug von seiner Zigarette und schnippte sie mit zwei Fingern auf die Straße. »Weißt du«, sagte er und starrte auf einen Punkt in der Ferne, »dieser ganze Quatsch, die Feststräuße zum Laubhüttenfest und die Matzen zu Pessach ...« Er hielt inne, um zu schlucken. »Ich hatte damals das Gefühl, dass ich Anteil an all dem habe«, er sah mich nachdenklich an und zögerte einen Moment, ob er fortfahren sollte, »als würde all das irgendwie auch zu mir gehören.«

Ich wollte schon »Ich verstehe« sagen, aber seine Miene ließ erkennen, dass er keine Antwort erwartete. Also schwieg ich, ohne seinem Blick auszuweichen.

»Schau, die sind fertig da oben«, sagte Said schließlich. »Sie haben das neue Schild angebracht.« Über der Abbildung eines Sonnenblumenstraußes prangte der Schriftzug »Frohes Fest dem ganzen Haus Israel«. »Ein hübsches Schild«, fuhr er fort, »und groß. Nur schade, dass es dreißig Meter von der Polizeiwache entfernt ist. Die Sirenen werden das übertönen, was da draufsteht.«

»Die Sirenen übertönen doch alles hier, oder?«, sagte ich und lehnte mich an den Fensterrahmen. »Die sind immer genau da, wo man sie nicht braucht.«

»Wem sagst du das?« Said trat zurück und winkte mir, ihm zu folgen. »Jeder hier im Viertel kann was über diese Wache erzählen.«

In der Küche erwartete uns seine Mutter mit einem Teller *Ma'amul*. Wir setzten uns an den Tisch, aßen ein paar der gefüllten Kekse und brachten durch anerkennendes Grunzen zum Ausdruck, wie gut sie uns schmeckten.

»Aber weißt du noch, warum wir aufgehört haben?«, fragte Said unvermittelt.

»Womit?«

»Mit dem Laubhüttenfest. Warum wir's nicht mehr gefeiert haben. Kannst du dich entsinnen?«

Ich nahm noch einen Keks vom Teller, stützte den Kopf in die freie Hand und durchforstete mein

Gedächtnis erfolglos nach etwas, das den Ausschlag gegeben haben könnte: »Nein, aber ich glaube nicht, dass da was Besonderes passiert ist.«

»Was soll das heißen?«

»Was Samaher und mich betrifft, hatten wir einen Sommer vor, eine Laubhütte zu bauen, fanden aber nicht genug Betttücher oder so was. Das war alles. Es war uns nicht wichtig genug, um länger zu suchen. Wir haben einfach aufgehört.«

»Einfach so?«

Ich nickte. Said machte Teewasser heiß, und wir tranken schweigend unseren Tee.

Auf dem Heimweg begutachtete ich das Schild, das von der Straße aus noch höher und größer wirkte. Die besänftigende Stille des Schabbatabends lag über der Stadt. »Frohes Fest dem ganzen Haus Israel«, las ich noch einmal und dachte an die wackligen Laubhütten auf unserem Hof. Etrog, ein Palmzweig, drei Myrten- und zwei Bachweidenzweige bilden den Feststrauß. Wer wusste denn damals, dass das Laubhüttenfest ein »Fest des Hauses Israel« ist und nicht unseres?

Die beiden Männer in den weißen Overalls stiegen wieder in ihr Auto und fuhren die Jerusalem-Allee hinunter. Auf der Heckscheibe des Transporters entdeckte ich einen großen gelben Aufkleber, der in deutlichen Lettern gebot: »Gedenke des Sabbattages, dass du ihn heiligst.« Ich machte mich auf den Heimweg. Die Sache stimmte mich seltsam heiter. Zu Hause angekommen, rief ich Said an. »Wir können ganz beruhigt sein«, sagte ich mit einem erleichterten Seufzer. »Falls es dich tröstet – wir sind nicht die einzigen Ungläubigen in dieser Straße.«

Ein paar Stunden später, kurz nach Mitternacht, machte ich mich wieder auf die Suche nach ihr. Samaher war damit beschäftigt, Porzellangeschirr, das sie geschenkt bekommen hatte, einzuwickeln und in Kartons zu verpacken. Sie saß auf dem Wohnzimmerteppich, einige Stapel Teller in diversen Größen neben sich, und breitete die Papierbögen einzeln über ihren Knien aus. »Das war Mutters Idee«, sagte sie, wie zur Entschuldigung, und wickelte einen weiteren Teller ein. »Ich brauche das gar nicht alles.«

Ich nickte und ging zur Tür.

»Hilfst du mir beim Einpacken?«, rief sie mir nach.

»Ich muss weg«, sagte ich und schwenkte mein Notizbuch.

Sie richtete den Blick wieder auf die Teller und machte weiter.

»Ich bleib nicht lange.« Ich ging zurück, küsste sie auf die Stirn und eilte aus dem Haus.

Es war wohl irgendwann im letzten Jahr, ich glaube, im Januar, kurz nach meinem Geburtstag. Damals fing ich an, sie zu suchen – obwohl ich schon da das Gefühl hatte, sie bereits im Jahr zuvor gesucht zu haben und im Jahr davor ebenfalls. So langwierig erscheint mir die Suche inzwischen, dass ich nicht mehr sicher bin, wer wen sucht: ich sie oder sie mich. Zumindest kann ich seit Januar letzten Jahres schwer einschlafen. Die Woche über liege ich jeden Abend wach in meinem Zimmer im Studentenwohnheim und grübele über den ursprünglichen Grund für diese Suche nach. Am nächsten Tag sitze ich müde, mit bleischweren Gliedern und kurzem Geduldsfaden in den Vorlesungen. Zu Hause in Jaffa mache ich mich auf die Suche, immer bei Nacht, das Notizbuch lose in der Hosentasche.

Diesmal fand ich sie auf einem mit Teer fixierten Kanaldeckel, ein paar Straßen von unserem Haus entfernt. Ich blieb einige Schritte davor stehen und blickte sie überrascht an. Da war sie, da auf dem Deckel, zweifellos, in lateinischen und in arabischen Lettern: »Palestine Fund«. Palästina-Fonds! Ausgerechnet hier wartete sie. Wie oft bin ich durch diese Straße gegangen, hin und zurück dieselbe Strecke, und habe doch nie die abgewetzte Inschrift auf dem Kanaldeckel bemerkt. Sie hingegen hat die ganze Zeit dort auf mich gewartet, von Anfang an, und ich in meiner Blindheit bin wieder und wieder an ihr vorbeigegangen, als wäre sie nie da gewesen, und wer weiß, wie oft ich sie unterwegs mit Füßen getreten habe.

In jener Freitagnacht war sie jedenfalls entschlossen, sich finden zu lassen. Gleich nachdem ich die Jerusalem-Allee zum Nachbarviertel überquert hatte, sah ich einen weißen Hund, der den Deckel interessiert beschnüffelte. Er bemühte sich, ihn durch heftiges Scharren an den Rändern von der Stelle zu rücken, und als ihm das nicht gelang, legte er sich daneben und winselte verzweifelt. Schließlich flüchtete er vor einem kleinen Auto, das mit quietschenden Reifen in die Straße einbog. Ich wartete, bis der Wagen weg war, und eilte auf den Deckel zu. »Was willst du?«, wollte ich sie fragen. »Warum und wozu diese komische Suche, so lange Zeit, und ausgerechnet bei Nacht?« Aber zwei Gestalten erschienen auf dem unteren Balkon des Hauses gegenüber, und so sagte ich nichts.

Zwei Jahre zuvor hatte ich sie auf die gleiche Weise gefunden, hinter der Moschee, in der mein Vater das Abendgebet verrichtete. Ich wartete vor der Apotheke nebenan, um ihn um die Autoschlüssel zu bitten. Ich weiß nicht mehr, wohin ich eigentlich wollte, aber mein Vater hatte den Wagen in einer der engen Straßen hinter dem Gebäude geparkt, und dort an einer der Mauern wartete sie auf mich. Sie befand sich in Augenhöhe, in schwarzen Lettern auf verwittertem Gestein: »Government of Palestine, Az-Zahra-School, 1938«. Das war früher anscheinend der Eingang zur Schule gewesen. Mittlerweile ist das Schultor auf die andere Seite des Gebäudes gewandert.

»Was wolltest du damals von mir, dass du meine Abfahrt derart verzögert hast? Was willst du heute von mir?«

Wieder sah ich hoch zu den Gestalten auf dem Balkon, die mich ihrerseits zu beobachten schienen. Ich ließ den Deckel sein und trat zurück auf den Bürgersteig. Wo sie mich wohl das nächste Mal finden würde? Ich ging langsam weiter die Straße hinauf. »Übrigens«, ich blätterte eine Seite in meinem Notizbuch um und schrieb, »auch an der Schulwand bist du auf Arabisch und Englisch aufgetaucht. Erinnerst du dich? Genau wie auf dem Deckel eben. Nur in diesen beiden Sprachen trittst du in Erscheinung. Damals, hinter der Schule, unter den Gebetsstimmen, die der Moschee entströmten, hatte ich Lust, einen spitzen Stein zu nehmen und die hebräischen Schriftzeichen unter dir einzuritzen: *Pe-lamed-samech-tet-jud-nun – Falestin.* Damit alle Flaneure sehen konnten, dass du jetzt auch auf Hebräisch da bist.«

Ich hob die Augen vom Papier und merkte, dass ich unversehens die falsche Richtung eingeschlagen hatte. Ich sah mich um und stellte fest, dass ich vor einem der alten Gebäude dieses Viertels gelandet war.

»Was tun Sie hier?«, fragte eine junge Frau, die im Hauseingang stand. »Wer sind Sie?«

Ich schwieg einen Moment, starrte sie verwirrt an und sagte schließlich: »Ich glaube, ich habe mich verlaufen. Ich suche ...«

»Was suchen Sie?«, fragte sie ungehalten. »Ich kenne hier alle Hausbewohner, und ich bin sicher, dass ich Sie noch nie gesehen habe. Gehen Sie lieber«, schloss sie und stieg mit beunruhigter Miene die

Treppe hoch. Als sie in einem der Stockwerke verschwunden war, trat ich auf die Fahrbahn und hielt Ausschau nach weiteren Kanaldeckeln.

Offenbar war ich immer noch zu nah am Gebäude, denn von weiter oben hallte erneut dieselbe Stimme herunter: »Sie sollten lieber gehen, hören Sie? Ich hab Ihnen doch gesagt, dass Sie hier nichts zu suchen haben.«

Es sind nur noch wenige Tage bis zum Ende des Fastenmonats Ramadan, und überall herrscht schon festliche Stimmung. Mutter und Samaher sind fast den ganzen Tag damit beschäftigt, die Dattelkuchen für den bevorstehenden Feiertag zu backen, und im Haus hängt ständig der Duft von Gries und Margarine. Gegen Abend, wenn sie sich die Hände waschen und das letzte Blech in den Ofen schieben, setze ich mich gern mit meinem Notizbuch vor die Puderzuckerhügel und die Krüge voll Wasser, die zum Abwaschen des Tisches bereitstehen.

Im Supermarkt des Viertels, Ecke Dantestraße, wo Mutter mich hinschickt, um die Backzutaten einzukaufen, sind auch Ramadan-Laternen aus Plastik im Angebot, Nachbildungen alter muslimischer Öllampen, die man in den Nächten vor dem Feiertag am Hauseingang aufhängt. Die Kinder sind ganz verrückt danach, und jedes Jahr wieder kommen Mütter aus dem Viertel wütend angelaufen, um sich beim

Ladenbesitzer über die überflüssigen Ausgaben zu beschweren, die ihnen auf diese Weise aufgenötigt werden.

Gestern bin ich auf dem Heimweg vom Supermarkt an ein paar Männern mit Kippas vorbeigekommen, die anlässlich des Thorafreudenfests auf der Straße tanzten und sangen. Sie zogen durch die Jerusalem-Allee, auf dem gegenüberliegenden Gehweg an der *Al-Nus'ha*-Moschee vorbei, die von Leuchtschildern mit der Aufschrift »Ramadan Karim« erstrahlte. Rings um die Moschee hatte man für das bevorstehende Fest lange Ketten bunter Glühbirnen aufgehängt, und als die Feiernden singend daran vorübertanzten, schien es, als teilten sie die Aufregung vor dem Fest des Fastenbrechens.

Ich blieb auf dem Bürgersteig stehen und beobachtete das Geschehen auf der anderen Straßenseite. Die fünf Männer mit ihren weißen Kippas gebärdeten sich geradezu ekstatisch. Ohne ihre Umgebung wahrzunehmen, sangen und kreiselten sie um sich selbst wie in einem irren Traum und veranstalteten einen enormen Trubel. Im Stillen dachte ich mir, dass ich in letzter Zeit wohl kaum eine Gruppe von Menschen gesehen hatte, die glücklicher gewesen wären als diese hier. Unterdessen ertönte vom Lautsprecher hoch droben die Stimme des Muezzins, der sich räusperte, um zum Abendgebet aufzurufen.

Ich ging in eine Bäckerei, um warme Pitas zu kaufen, und sah auf dem Weg nach draußen Nitzan am

Ende der Schlange stehen. Als ich mich vorbeugte, um sie auf die Wange zu küssen, drehten sich ihre Vordermänner prompt nach uns um.

»Was sagst du dazu?«, fragte ich, mit dem Kinn auf die Tanzenden deutend.

Nitzan schüttelte schwach den Kopf. »Heute Morgen habe ich in Bat Jam bei einem Treffen von denen Wache geschoben, eine lange Schicht.«

»Waren denn so viele Leute gekommen, dass sie abgesichert werden mussten?«, fragte ich staunend. »Hier sind sie ja bloß zu fünft.«

»Massenweise sind sie angeströmt gekommen, endlos viele. Auch Passanten von der Straße, die merkten, was da los war, haben mitgemacht und in die Hände geklatscht.«

»Ihr auch? Das Team, die Wachleute?«

»Nichts gegen die Thora oder so«, sie zuckte mit den Achseln. »Aber nach der heutigen Wache kann ich diese Lieder keine einzige Minute mehr hören.«

Ich lud sie ein, den Abend bei mir zu verbringen. Was ich hinterher allerdings Scharihan zu erklären hätte, die sicher Wind davon bekommen würde.

»Ich werde in ein paar Minuten hier abgeholt«, sagte Nitzan zu meiner Erleichterung. »Zur Strandpromenade. Meine Mutter möchte vorm Winteranfang noch mal grillen. Das kapier einer.«

»Und bis dahin wartest du hier?«

»Ja, ich soll noch ein paar Pitas kaufen. Was machst du so, ihr habt doch auch bald Feiertag, oder?«

»Ist noch ein paar Tage hin.«

»Wie heißt er gleich noch mal?«

»Du gibst nicht auf, ha?«, fauchte ich. »Jedes Jahr sag ich's dir wieder, und nie kannst du dir den Namen merken.«

»Na, sag schon«, beharrte sie.

»*Id al-Fitr*, das Fest des Fastenbrechens«, sagte ich.

»*Id* ist das arabische Wort für Feiertag, richtig?«

»Wir haben wohl beide dazugelernt«, gab ich lächelnd zurück. Die Leute vor uns standen stumm da, zwei von ihnen hatten sich nach uns umgewandt und lauschten unserer Unterhaltung. »In Sachen Landeskunde«, sagte ich laut für die Ohren der beiden Mithörer.

Nitzan lehnte zur Antwort den Kopf an meine Schulter. Dann richtete sie sich mit einem Ruck auf und sah zur anderen Seite der Allee hinüber, wo die fünf unermüdlich weitermachten. »Da wir gerade von frommen Leuten reden«, sagte sie, »da ist der Alte, der dich immer anquatscht.«

Ich sah in die angegebene Richtung. Es war der Bruder der Rabbinersfrau aus dem Nachbarhaus. In unserer Straße ist er bekannt dafür, dass er mit einer schäbigen Krawatte um den Hals früh am Morgen allein herumläuft, laut vor sich hin lacht und »Gesegnet sei der heilige Name!« ruft. Manchmal, wenn er mich vorbeikommen sieht, läuft er mir entgegen und fragt ganz außer sich, ob ich Jude oder Araber sei. Seit ich weiß, dass die Frage immer wiederkehrt, egal, wie oft ich sie beantworte, gehe ich an ihm vorüber, als bemerkte ich ihn gar nicht. Irgendwann wird er hoffentlich so beleidigt sein, dass er mich in Ruhe lässt.

»Verdammt!« Ich drängte mich zwischen Nitzan und den einzigen Mann, der inzwischen noch vor ihr stand.

Nitzan war sichtlich erheitert über mein Unbehagen und drohte, zur Seite zu treten, um mich dem Blick des Alten auszusetzen. »Ich begreife nicht, warum du dich so über ihn aufregst«, sagte sie.

Der Mann verschwand hinter einer Straßenecke. Nitzan trat an die kleine Theke und kaufte die Pitas.

»Sind diese springenden *Chabad*-Leute noch da?«, fragte sie beim Verlassen des Ladens.

»Sie entfernen sich schon«, sagte ich. »Und dann tanzen sie auf der anderen Straßenseite den ganzen Weg zurück.«

Wir setzten uns auf dem Mittelstreifen zwischen den beiden Fahrbahnen auf eine Bank, zwei schwitzende Plastikbeutel mit warmen Pitas auf den Knien, und warteten auf ihre Eltern. »Bist du sicher, dass du nicht mitkommen möchtest?«, fragte Nitzan.

»Ganz sicher. In einer Viertelstunde ist Fastenbrechen. Vielleicht beim Grillfest Ende nächsten Sommers.«

Ich blickte hinüber zur Moschee. In der Abenddämmerung strahlten die Glühbirnen noch heller, die ganze Fassade war in eine Wolke grünen Lichts getaucht. Ich betrachtete das Bild und dachte mir, wie leicht doch alles komisch und lächerlich wurde: die fröhlichen *Chabad*-Leute vor der Moschee, die muslimischen Laternen neben den Schabbatkerzen im Supermarkt, Nitzan und ich und alles, was zwischen uns lief. Ich wandte mich ihr zu, um unser Gespräch fortzusetzen, aber als ich sah, dass auch sie in den Anblick der Moschee vertieft war, blieb ich stumm.

»Wunderschön geschmückt haben sie die«, sagte sie schließlich, und auf einmal spürte ich die schwache Wärme der Pitas auf meinen Knien.

Als das alte schwarze Auto ihrer Eltern vor uns hielt, küsste Nitzan mich auf die Wange und ging zur hinteren Tür. »Musst du schon los?«, fragte ich.

»Ja«, gab sie zurück und klang nicht überrascht angesichts dieser Frage. Als sie eingestiegen war, steckte sie den Kopf aus dem Fenster und rief: »Frohes Fest übrigens!«

Ich gab keine Antwort. Der Wagen ruckte an und fuhr die Allee hinauf, Richtung Tel Aviv. Einen Moment blieb ich noch sitzen und überlegte, was sie gemeint hatte: *Id al-Fitr* oder das Thorafreudenfest.

Wieder habe ich von Mutter geträumt. Sie taucht oft in meinen Träumen auf, seit ich ins Studentenwohnheim gezogen bin. Am Tag vor meiner Rückkehr nach Jerusalem sind wir morgens gemeinsam nach Adschami zum Frühstücken gefahren.

Entlang der Straße der Stämme Israels, dort, wo ein kleiner Weg zum Meer abgeht, steht eine monumentale Bronzestatue, an die sich das Auge einfach nicht gewöhnen will: Ein großer, kräftiger Mann lehnt sich in der Luft nach hinten und kickt mit weitem Schwung gegen einen Ball. Die Skulptur selbst scheint zu rätseln, was sie hier zu suchen hat. In Adschami parkten wir einige Meter oberhalb der Küste, gegenüber der Bäckerei *Al-Qudsi*. Eine kleine Käuferschar wartete hier auf die Backwaren, die in Papiertüten durch zwei rostige Metalltüren hindurch verkauft werden. Wir nahmen Pitas mit *Sa'atar* und hart gekochte Eier und setzten uns zum Essen ins Auto. Mutter schaute versonnen aus dem Fenster, aß ihre Pita und sah hin und wieder an sich herab, um *Sa'atar*-Krümelchen von ihrem Kleid zu streichen. »Erinnerst du dich daran, wo ich aufgewachsen bin?«, fragte sie plötzlich, legte die Pita ab, trat enthusiastisch aufs Gaspedal und nahm den Weg ins Viertel.

Von Mutters Elternhaus, wie von den meisten Häusern der Gegend, war nichts übrig geblieben als riesige Haufen von Sand und Metall, die an der Küste emporragten und gedemütigt auf die Rückseiten der neu erbauten Prachtbauten starrten. »Da hat es mal gestanden, mein Haus«, sagte sie und deutete auf ein großes Leergrundstück, auf dem ein altes, schiefes Karussell vor sich hin rostete.

Wir standen eine Weile schweigend vor den Schuttbergen und fuhren dann weiter zum alten muslimischen Friedhof von Adschami, um Mutters Schwester zu besuchen. Sie war in der Zeit gestorben, als Samaher geboren wurde, aber ihr Grab war, wie die meisten anderen, bis vor Kurzem ohne Grabstein geblieben.

Auf dem ganzen Friedhofsgelände ist kaum noch Platz zum Treten. Die Gräber liegen über die Erde verstreut wie Steine, die man aus einem Sack herausgeschüttet hat. Selbst die Durchgänge sind nicht frei geblieben, sodass man zwangsläufig auf namenlose Gräber tritt. Hier liegen vor allem Babys, deren kleine Gräber man kurz vor der Schließung des Friedhofs noch in die grauen Kieswege geschaufelt hatte. Das Grab meiner Tante hob sich wegen seines neuen Grabsteins von den anderen Gräbern ab. Es lag unter hartnäckigen Dornsträuchern, die auf dem Friedhof wild wachsen und die Nachbargräber teils völlig überwuchert hatten. Mutter riss mit Macht ein paar trockene Zweige ab, aber als sie mehrere auf einmal packen wollte, bog sich der ganze Strauch und hinterließ beim Zurückschnellen rote Striemen auf ihren Händen. Ich kam ihr zu Hilfe, und gemeinsam traten wir die Zweige zurück in den Schoß des Strauches. Am anderen Ende des Friedhofs, der bei den zahlreichen Abrissarbeiten in der Gegend einen Teil seiner Mauer verloren hat, kleben die verlassenen Gräber wie seltsame Schlitten am Felsenhang, der zum Meer abfällt. Die Wellen nagen geduldig am Erdreich unter ihnen und zerren sie abwärts.

Am nächsten Tag fuhr ich wieder nach Jerusalem.

In meinem Traum wartete Mutter vor dem Friedhof auf mich. Ich kam im Laufschritt an und las in ihrem Gesicht, dass ich spät dran war. Hinter ihr ragte das alte Tor in die Höhe, seine spitzen Pfeiler rissen immer breiter werdende Pfade in die Wolken. Der Gedanke, dass sie einen Regen heraufbeschwören könnten, machte mir Angst. Mutter wandte sich ab und ging den sandigen Hang zum Meer hinunter. Ich versuchte, das Tor zu öffnen, aber vergeblich. Die Gräber stapelten sich dahinter wie alte Möbel und versperrten den Zutritt. Ich lief meiner Mutter nach, den Hang hinunter und hatte Tränen in den Augen. Der Strand war menschenleer. Der Wind hatte den Sand geglättet, sodass nur Mutters Spuren sichtbar waren. Sie führten geradewegs zum Wasser und endeten vor dem kaputten Karussell. Ich kletterte auf das rostige Metallgestell und brachte es in Bewegung. Das Karussell ächzte vor Anstrengung, drehte sich aber, erst langsam, dann immer schneller. Um mich herum war nur noch das Meer, mir schwindelte der Kopf, und ein merkwürdiger Schmerz lähmte meine Füße. Das schiefe Gestell des Karussells hielt sie mit zwei Klammern umschlossen. Ich stoppte und rief nach meiner Mutter. Das Grollen des Meeres übertönte mich.

Ich schreckte aus dem Schlaf hoch und ging sofort zur Tür, um mich zu vergewissern, dass sie abgeschlossen war. Mein Mund war trocken, ich holte mir ein Glas Wasser und dachte daran, dass ich seit unserem Friedhofsbesuch nicht mehr mit Mutter gesprochen hatte.

Weihnachten rückt näher. Letztes Jahr, am Heiligen Abend, hatte ich Scharihan an dem alten Springbrunnen im Stadtzentrum getroffen. Sie hatte mir ein paar rote Lakritztaler in einem weißen Stoffsäckchen geschenkt. Ich hätte sie damals so gern geküsst, unmittelbar vor den irritierten Blicken all der Passanten, die uns grüßten. Scharihan redete hastig, aus Angst, nicht rechtzeitig zurück zu sein, bevor ihr Vater von der Arbeit heimkam. Sie trug einen hellgelben Schal um den Hals, in dessen Schimmer ihre Augen Fünkchen sprühten. Sie küsste das Stoffsäckchen und drückte es mir in die Hand. Ich schloss die Faust darum und ging auf Umwegen nach Hause, um etwas länger unterwegs zu sein und sicherzugehen, dass sich unsere Wege am Eingang des Viertels nicht kreuzten. Jetzt wird auf diesem zentralen Platz ein großes Gebäude errichtet, und der Springbrunnen ist stark beschädigt. Die beiden steinernen Ringe an seinem Fundament zerbröseln, das Ganze sieht aus wie ein Kulissenrest aus einem antiken römischen Bühnenstück. Gegenüber, auf der anderen Straßenseite, stehen in einer langen Reihe dralle Weihnachtsmannfiguren. Mit aufgerissenen Augen betrachten sie stumm, ungerührt und beinahe unverschämt lächelnd das Treiben vor sich auf dem Bürgersteig. Die Beweglichen unter ihnen schieben Plastikarme nach vorn und rollen langsam die Hüften zu den Klängen einer blechernen Melodie.

Zeitgleich laufen die Vorbereitungen für das Chanukka-Fest und wetteifern mit den Weihnachtsdekorationen um die Aufmerksamkeit der Passanten. An den Eingängen der Supermärkte stehen große Edelstahlkessel voll siedendem Öl, in dem *Sufganiot*, Chanukka-Krapfen, brutzeln und die Straßen mit dem schweren Geruch von Fettgebackenem erfüllen. Als ich heute Morgen an einem dieser Supermärkte haltmachte, um mir für die Fahrt nach Jerusalem etwas zu trinken zu kaufen, musste ich an einem dieser glühend heißen Riesenkessel vorbei. Ringsum standen ein paar Kunden mit Kartons in den Händen und warteten auf ihre Krapfen. Ich hatte eine lange Nacht mit Said hinter mir, und meine Schläfen pochten vor Müdigkeit. Der erstickende Geruch der heißen Marmelade waberte durch den Laden und erschien mir unerträglich. Erwachsene wie Kinder liefen mit klebrigen Puderzuckermündern durch die Gänge, wie Mitspieler einer Stegreifkomödie, die nicht wussten, dass die Lacher auf ihre Kosten gingen.

Beim langen Anstehen an der Kasse fragte ich mich, ob den nicht muslimischen Einwohnern die Vorbereitungen für das Fest des Fastenbrechens vor rund zwei Monaten genauso trübselig vorgekommen waren. Vielleicht hatten sie die bunten Laternen, die

die Wohnviertel im Ramadan zierten, mit gleichermaßen sauren Mienen betrachtet wie ich die Weihnachtsbäume, die jetzt wie Soldaten vor den Läden standen.

Die Kunden, die an den Kesseln auf ihre Krapfen warteten, wirkten angespannt, ihre Gesichter glühten wegen der Hitze und dem Gedränge. Unter ihnen war ein hochgewachsener Mann mit einem langen schwarzen Zopf, der mich an Samahers Haar erinnerte, wie sie es vor der Hochzeit trug. Er schnaufte unruhig und wischte sich den Schweiß ab, der ihm an beiden Seiten übers Gesicht lief. Während ich ihn beobachtete, stellte ich fest, dass ich mich von den Riten fremder Feiertage noch nie so bedroht gefühlt hatte wie jetzt. Ich nahm mir vor, das in mein Notizbuch zu schreiben, sobald ich wieder draußen war.

Unterdessen kam eine Ladenangestellte auf uns zu und offerierte jedem Wartenden einen heißen Gratis-Krapfen. Alle in der Schlange vor mir nahmen das Angebot mit einem Lächeln an. Ich hoffte, dass irgendjemand Nein sagen und es mir damit leichter machen würde, ebenfalls abzulehnen, aber als das Tablett schließlich bei mir landete, nahm ich einen Krapfen und biss kräftig hinein. Der Teig war fettig und fast ohne Marmeladenfüllung, trotzdem schluckte ich den Brei hinunter und dankte der jungen Frau mit breitem Lächeln. Die Schlange kam voran, die Frau hinter mir lehnte den Krapfen mit einer höflichen Kopfbewegung ab. »Sind Sie sicher?«, fragte die Angestellte und hielt ihr das Tablett näher, »die sind gratis.« Aber die Kundin blieb dabei und neigte nur dankend den Kopf. Die junge Angestellte machte ein langes Gesicht und warf ihr einen gekränkten Blick zu. Einen Moment lang glaubte ich, sie würde der Frau die Krapfen so lange anbieten, bis sie nachgab, aber dem Kunden hinter ihr riss wohl der Geduldsfaden, denn er schnappte sich einen Krapfen und führte ihn sofort zum Mund.

Ein paar weitere Warteminuten vergingen. Ich blickte ungeduldig auf meine Armbanduhr und sah plötzlich eine ausgestreckte Hand, die kurz zögerte und dann meinen Arm berührte. Es war die widerspenstige Kundin. Sie hatte noch immer dasselbe Lächeln im Gesicht, aber diesmal galt es mir. »Guten Appetit«, sagte sie auf Arabisch. Ich sah sie verwirrt an, brachte stammelnd ein »Danke« hervor und hielt mir verlegen die Hand vor den Mund, weil mir einfiel, dass ich jetzt wohl genauso aussah wie die Clowns mit dem Zuckermund, die ich vorher belächelt hatte. Dann wandte ich den Blick von ihr ab und überlegte, bis ich mit dem Zahlen an der Reihe war, ob »Danke« die richtige Antwort gewesen war. Wachsender Unwillen stieg in mir auf, wie zum Trotz biss ich wieder und wieder in den Krapfen, kaute unlustig und schluckte immer mehr süßen Brei.

Als ich endlich bezahlt hatte und den Laden verlassen wollte, drehte ich mich um, um zu sehen, ob sie mir mit den Augen folgte. Sie war direkt hinter mir, und unsere Blicke begegneten sich zum zweiten

Mal. Nun standen wir beide neben dem Ölkessel am Eingang und warteten, dass man uns den Durchgang frei machte. Hinter dem Kessel standen zwei junge Männer mit weißen Schürzen. Einer der beiden nahm einen Karton vom Bord und rief der Frau zu: »Möchten Sie Krapfen haben, gute Frau? Noch warm, fünf für zehn Schekel.«

Sie verneinte, aber er packte trotzdem fünf Stück in den Karton und reichte ihn ihr. Im selben Moment warf sein Mitstreiter einen neuen Schwung Krapfen ins siedende Öl, die augenblicklich so laut brutzelten, dass man die Frau gar nicht sagen hörte: »Nein, danke. Ich mag keine Krapfen.«

Die Nacht zuvor hatte ich keinen Schlaf gefunden. Ich rief Said an, und wir verabredeten uns in der Bäckerei an der Straßenecke, in der Hoffnung, dass der Spaziergang und die Unterhaltung uns schlafreif machen würden. Insgeheim fragte ich mich, ob Scharihan das Telefon ihres Bruders im Nebenzimmer klingeln gehört hatte und vielleicht vermutete, dass ich es war.

Vorsichtig zog ich die Haustür hinter mir ins Schloss und sah auf die Uhr: kurz vor eins. Die Straße begann gerade, in den Schlaf zu sinken. Ein Plastikbeutel und ein paar welke Blätter tanzten auf dem Bürgersteig, wirbelten mir vor die Füße und hoben wieder ab. Ich sah ihnen einen Moment lang zu und bereute, kein wärmeres Hemd angezogen zu haben.

Said wartete in der Bäckerei auf mich. Er saß an

einem der hintersten Tische und deutete bei meinem Eintreffen auf zwei identische Pappbecher, die er vor sich hatte.

»Tee mit Zitrone«, sagte er, als ich mich ihm gegenüber setzte. »Ich weiß, du magst den Kaffee hier nicht.«

»Mir fällt gerade ein, dass ich dir noch gar kein frohes Fest gewünscht habe«, sagte ich scherzhaft mit einem Seitenblick auf die Weihnachtsbäume, die draußen in den Geschäften leuchteten.

Die Inhaberin des Lokals kam mit einem großen Edelstahltablett und lud Teller ab. »Ich habe Weißbrot bestellt«, sagte Said, während vor uns kleine Glasschüsseln mit Butter und Marmelade, *Labané* und eingelegten Auberginen im Kreis angeordnet wurden.

Beim Essen lenkte Said meine Aufmerksamkeit auf vier Männer, die an den niedrigen Metallpollern an der Straßenecke lehnten. Es war ein gewohnter Anblick: Männer, die sich zu kennen schienen, standen täglich zu wechselnden Uhrzeiten an derselben Stelle und warteten.

Samaher hatte mir erzählt, dass sie auf Arbeitssuche seien und dass dort gelegentlich ein Transporter halten würde, der unterwegs zu einer Baustelle jeden mitnähme, der gerade gebraucht wurde. Oder es kam jemand vorbei, der für einen Arbeitstag Möbelpacker, Reinigungsarbeiter oder Ordner suchte. Sie sagte, sie habe sie öfter über Lohn und Arbeitszeit verhandeln hören, und genau das habe ihren damaligen Verlobten und nunmehr frischgebackenen Ehemann auf die Idee für seine Doktorarbeit in Arbeitsrecht gebracht. Das Geschehen auf der Straße, von dem ihm Samaher ganz nebenbei erzählt hatte, hatte ihn so sehr interessiert, dass er beschloss, darüber zu schreiben. Was er wohl sagen würde, wenn er die Männer selbst jetzt, mitten in der Nacht, auf dem Gehsteig warten sähe, festgenagelt wie die Holzbänke hinter ihnen.

»Warst du in letzter Zeit mal in Adschami?« Ich kostete die Marmelade. »Da haben sie ordentlich was investiert, um ihre Häuser zu schmücken.«

»Hab's gesehen«, antwortete Said. »Neonleuchten, blinkende Kreuze, schon seit Ende November sind die da.«

»Meine Mutter ist jedes Jahr wieder überrascht, dass so viele Christen in Jaffa leben.«

»Was soll das heißen?«

»Dieses ganze Tamtam«, sagte ich, »die Weihnachtsbäume, die Kreuze, überall siehst du die.«

»Das ist genau der springende Punkt.« Said beugte sich zu mir. »Tamtam, wie du sagst. Dieser ganze Wirbel beweist gar nichts. Unterm Strich gibt's mehr Tamtam als Christen. Schau dir doch an, wer hinter diesen Ständen mit Weihnachtssachen auf der Allee steht«, fuhr er fort. »Wir kennen sie alle. Keiner von denen ist Christ.«

Ich lehnte mich auf meinem Stuhl zurück. Die Ladenklingel schellte im Hintergrund.

»Da kommt Santa Claus«, bemerkte Said.

Ich sah mich um und stellte erstaunt fest, dass die Bäckerei sich mittlerweile mit Kunden gefüllt hatte.

»Jedes Jahr lädt die Inhaberin ihn ein«, erklärte er.

Ich warf einen Blick auf die Gestalt im rot-weißen Kostüm. »Aber wer bestellt denn den Weihnachtsmann zu dieser Uhrzeit?«, fragte ich verwundert. »Es ist fast zwei.«

»Keine Sorge. Der kommt wieder, gegen Mittag. In Jaffa fahren die Weihnachtsmänner Doppelschichten.«

Unterdessen klapperte Santa Claus die Tische ab und schüttete mit beiden Händen buntes Konfetti aus. Zum Schluss nahm er den großen Sack vom Rücken und fragte: »Wollt ihr Geschenke haben?«

Durch die Glastür sah ich, dass einer der vier Männer draußen das Geschehen beobachtete und sich auf den Weg zur Bäckerei machte. Ich trommelte mit dem Zeigefinger auf Saids Handrücken und flüsterte: »Sieh mal! Was macht der da?«

»Ja, er verteilt Postkarten oder irgend so was«, antwortete Said verwundert.

»Was?«, fragte ich und begriff erst beim Blick auf Santa Claus, dass er ihn gemeint hatte.

»Er geht von Tisch zu Tisch«, fuhr Said fort, und schon stand der Weihnachtsmann vor uns wie ein großer roter Hügel.

»Frohes Fest«, sagte er.

Wir lächelten ihn an und nickten. Als er sich über seinen Sack beugte, lugte das kleine Polsterkissen, das ihm als Bauch diente, zwischen den Hemdknöpfen hervor.

Im selben Moment trat der Mann, der bisher mit seinen drei Gefährten draußen gestanden hatte, an die Kasse und verlangte ein Brötchen und einen Becher Sauerrahm. Die Ladeninhaberin, sichtlich ungehalten, in diesem Moment gestört zu werden, eilte auf ihn zu. Er steckte die Hand in die Hosentasche und begann, hektisch darin zu wühlen.

»Coupons?«, rief Said überrascht.

»Geschenkgutscheine«, verbesserte ihn der Weihnachtsmann und legte zwei Karten vor uns hin. »Besteck, extra fürs Fest, bei uns im Geschäft in der Jefetstraße, nur die nächsten zwei Tage.«

Said und ich sahen uns verlegen an. Santa Claus wandte sich mit einer Verbeugung ab und ging zum nächsten Tisch. Der Mann an der Kasse holte ein paar Münzen aus der Tasche, zählte sie mehrmals durch, legte sie dann auf die Theke und erklärte: »Ich nehme nur das Brötchen.«

Said und ich erhoben uns zum Gehen. »Ich hab zu viel gegessen«, sagte ich. Said nahm seine Mütze vom Wandhaken und führte mich zum Ausgang. Der Mann mit dem Brötchen blieb bei Santa Claus stehen und bekam einen Gutschein ausgehändigt.

»Besteck?« Der Mann lachte auf und zerknüllte den Coupon zu einem Bällchen. »Und was aufs Brötchen habt ihr nicht für mich?«

Santa Claus fixierte ihn schweigend und leicht verunsichert, offenbar ohne die Pointe zu begreifen. Alle Anwesenden richteten die Blicke auf ihn. Der Mann drehte sich um und ging. Auf der Straße warf er die Papierkugel auf den Asphalt und trat darauf.

Als Said die Ladentür öffnete, schlug uns von der Straße der säuerliche Geruch von vergammeltem Gemüse entgegen. »Möchtest du noch bleiben?«, fragte er, und die Tür schloss sich wieder wie nach einem ungebetenen Gast. »Der Weihnachtsmann geht gleich. Ich spendier dir noch einen Tee.«

Ich nickte und wusste, dass wir nicht wegen des Tees dablieben. »Aber sicher.« Ich versuchte zu lächeln. »Ich könnte jetzt sowieso nicht schlafen.«

Ich habe mich mit Said an dem Abend angefreundet, an dem die Sache mit Nitzan und mir auseinanderging. Wir wohnten alle in derselben Straße, seit wir hierhergezogen sind, zwei Wochen nach Samahers zehntem Geburtstag. Meine Mutter erzählt immer noch gern belustigt, wie enttäuscht Samaher damals über die armselige Geburtstagsfeier war, mit Kuchen auf Papptellern zwischen Stapeln von Kartons. Samaher hatte das so sehr als Zumutung empfunden, dass Vater und Mutter nach dem Einzug ins neue Haus eine weitere Party für sie gaben.

All meine Freunde aus der Kindheit habe ich in dieser Straße kennengelernt, aber mit Said hatte ich bis zu meinem letzten Jahr am Gymnasium nie ein

Wort gewechselt. Seine Eltern nahmen keinen Anteil an dem Geschehen im Viertel und redeten nur selten mit anderen Eltern. Es kursierte das Gerücht, Saids Vater sei ein *Dschasus*, ein Kollaborateur, ein Informant des Inlandsgeheimdienstes Schabak, einer von denen, die wegen der damaligen Säuberungsaktionen der Hamas gehäuft in der Stadt auftauchten. Sein Akzent verriet sofort seine fremde Herkunft, und sein Beharren auf der Privatsphäre seiner Familie erregte allgemein Verdacht. Scharihan bekamen die Nachbarn nur selten und flüchtig zu Gesicht, zumindest so lange, bis sie an der Universität Tel Aviv zu studieren begann. Vor zwei Jahren also. Vater sah es nicht gern, dass ich bei Saids Familie ein und aus ging – in den letzten Monaten seines Lebens.

»Du wirst es noch bereuen«, sagte er an jenem Abend und reichte mir einen Geldschein aus seinem Portemonnaie. Aber wie konnte ich denn wissen, dass die Neueröffnung der Moschee ausgerechnet an diesem Abend stattfinden würde? Ich hatte versprochen, ihn zu begleiten, aber inzwischen auch Nitzan zugesagt, mit ihr zur Premiere des neuen Films der Coen-Brüder zu gehen, damit sie am darauffolgenden Tag all ihren Kameradinnen auf dem Stützpunkt erzählen konnte, dass sie ihn als Erste gesehen hatte. Und nun wartete sie schon nervös an der Tür und warf mir mürrische Blicke zu.

»Und, gehen wir endlich?«, fragte sie und machte die Haustür auf.

Ich bedeutete ihr mit zwei Fingern, noch zu warten, bemüht, sie nicht anzusprechen, ehe wir aus dem Haus waren. Vater steckte das Portemonnaie wieder in die Hosentasche und setzte sich vor den Fernseher. Damit war jede weitere Diskussion überflüssig, und ich signalisierte Nitzan endlich, dass es Zeit war, zu gehen. Wir standen eine Weile an der Bushaltestelle, die direkt auf die Eisentore der Moschee blickt, und beobachteten die Besucher, die sich im Eingangsbereich versammelten. In unseren ersten Monaten im Viertel hatte ich Vater regelmäßig zum Abendgebet begleitet. Ich fand es großartig, dass wir nun so nah an der Moschee wohnten und die Stimme des Muezzins gegen Abend durch alle Zimmer unseres Hauses hallte. Mit dem weißen Käppchen auf dem Kopf, das Mutter mir eigens gehäkelt hatte, war ich stolz an Vaters Arm durch unser Viertel gelaufen. Erst neulich, als ich nach meiner Winterjacke suchte, bin ich in den Tiefen meines Kleiderschranks wieder darauf gestoßen: Auf einem alten, vergessenen Schreibheft in einer der unteren Schubladen lag ein kleiner weißer, zerknitterter Halbmond aus Baumwolle.

»Was hat denn so lange gedauert?« Nitzan zog die Zigarettenschachtel heraus, die sie wie gewohnt in ihrem Barett stecken hatte. Ich hatte gehofft, sie würde an diesem Abend ihr schwarzes Trägerhemd anziehen, aber sie war in ihrer olivgrünen Militäruniform erschienen. »Wollte er immer noch, dass du ihn zur Eröffnung der Moschee begleitest?«

»Ja, aber ich denke, das geht so in Ordnung. Ich werde mit ihm reden, wenn wir zurück sind.«

»Meine Mutter hat auch einen Skandal gemacht wegen unseres Treffens heute Abend.« Sie zündete ihre Zigarette an und nahm einen langen Zug. »Sie hat meinem Vater sogar verboten, mir das Fahrgeld zu geben. Ich musste die Uniform anziehen, um die Busfahrt gratis zu haben«, sagte sie, und ich geriet derart in Erregung, dass ich sie um ein Haar auf der Bank an der Haltestelle geküsst hätte. Ich nahm ihre Hand und konzentrierte mich wieder auf das Geschehen am Eingang der Moschee. Etliche Besucher kannten mich aus der Zeit, in der ich jeden Abend mit Vater zum Gebet gekommen war, und einige von ihnen blieben stehen, sobald sie mich entdeckten, und warfen mir verwunderte Blicke zu.

Auf halber Strecke nach Tel Aviv gelangte ich zu dem Schluss, dass es nun für eine Umkehr zu spät war, und fühlte mich zutiefst erleichtert. Der Busfahrer wechselte ungeduldig die Radiosender, Nitzan lehnte stumm den Kopf an meine Schulter. Zwei Männer mit umgehängten Gitarren stiegen aus, und in diesem Moment sah ich Said, der auf gleicher Höhe mit uns saß, allein. Ehe ich noch wegsehen konnte, erkannte er mich, sprang auf und kam begeistert auf mich zu. »Du auch?«, fragte er mit halbem Lächeln und drückte mir die Hand.

Ich staunte über seine Direktheit und fragte mich gleichzeitig, ob es in Anbetracht des Rufes, den seine

Familie in unserer Nachbarschaft hatte, klug war, in aller Öffentlichkeit mit ihm zu reden. Said hingegen klopfte mir übertrieben freundschaftlich auf die Schulter und war auf seinem Platz zurück, ehe ich irgendetwas erwidern konnte.

»Hast du das gesehen?« Nitzan zog mich am Arm und lenkte meine Aufmerksamkeit auf die Fahrgäste, die gerade zugestiegen waren. Neben dem Fahrer stand eine Frau in Mutters Alter, mit traditionellem muslimischem Kopftuch und großer Tasche.

»Denkst du das Gleiche wie ich?« Nitzan nahm meine Hand und verschränkte ihre Finger mit meinen.

»Was meinst du?«, fragte ich naiv.

»Das sieht mir verdächtig aus.«

»Wieso denn das?« Ich spürte mein Gesicht rot anlaufen. »Weil sie Araberin ist, ist sie für dich gleich verdächtig?«

Nitzan blickte mich verstört an und fand einen Moment lang keine Worte. »Was soll das?!«, stieß sie schließlich hervor. »Hast du die Tasche gesehen, die sie mitschleppt? Wegen der kommt sie mir verdächtig vor. Und außerdem – guck dich doch um. Alle hier haben Angst.«

»Hier hat kein Mensch Angst«, beharrte ich. Der Fahrer stellte abrupt das Radio ab, um die Tasche in ihren Händen besser inspizieren zu können.

»Aber ich hab Angst!«, gab sie verärgert zurück.

Die beiden jungen Mädchen auf der vordersten Sitzbank, die sich bisher angeregt auf Russisch unterhalten hatten, schnappten ihre Schultaschen und verzogen sich hastig in den hinteren Teil des Busses.

»Meine Dame, was haben Sie da in Ihrer Tasche?«, ließ sich plötzlich eine heisere Stimme hören. Ein rundlicher Glatzkopf kam sicheren Schritts auf sie zu. »Hallo, hören Sie denn nicht?« Er hob die Stimme und klatschte provozierend vor ihrem Gesicht in die Hände. »Ich habe Sie gefragt, was in der Tasche ist.«

Die Frau reagierte nicht, zupfte nur leicht am Rand ihres Kopftuchs und zog es strammer ums Gesicht.

»Geben Sie her!«, sagte der Glatzkopf, beugte sich über sie und riss ihr mit schnellem Griff die Tasche aus den Händen.

Die Frau schrie erschrocken und zugleich wütend auf und streckte beide Hände nach der Tasche aus.

»Einen Moment.« Er stieß sie zurück. »Erst sehen wir mal nach, was Sie da drin haben.«

Meine Beine wurden schwer, und mein Magen rebellierte, als wäre ich gerade einer Krankheit zum Opfer gefallen. Der Mann knöpfte flink die Tasche auf und kippte ihren Inhalt auf den Boden. Mein Herz klopfte wie eine Schlagzeugformation. Mit ganzer Kraft umschloss ich Nitzans kleine Hand.

Als Erstes fiel den Fahrgästen ein altes weißes Lederportemonnaie vor die Füße. Es folgten ein Bleistift, ein kleines Notizbuch, ein rasselndes Schlüsselbund und ein rotes Feuerzeug. Der Glatzkopf schüttelte die Tasche ein letztes Mal, und zu dem Häuflein am Boden gesellten sich ein paar Papiertaschentücher. Nitzan und ich starrten auf den dürftigen Inhalt der Tasche, die kurz zuvor noch so gefährlich ausgesehen hatte.

Die Frau ging mit hochrotem Gesicht in die Knie, um ihre Habseligkeiten aufzusammeln, und bedachte den Glatzkopf mit saftigen arabischen Flüchen. Obwohl wir an keiner Haltestelle waren, stoppte der Fahrer den Bus. Als die Bustüren aufklappten, sahen sich die Fahrgäste überrascht um. Die Frau suchte noch einen Moment mit den Augen den Boden zwischen den Sitzen ab, ehe sie frustriert hochkam und ausstieg. Ihre Gestalt wurde kleiner, je weiter wir uns entfernten, aber ich sah noch, wie sie stehen blieb und sich mit einem der Taschentücher das Gesicht abwischte.

Jetzt war es mir plötzlich doch wichtig, Said zu sehen, um diesen seltsam beklemmenden Moment mit ihm zu teilen, aber er saß nicht mehr auf seinem Platz.

»Schau, was ich gefunden habe«, sagte Nitzan beim Aussteigen und zog ein Parfümfläschchen aus der Hosentasche, halb gefüllt mit einer rötlichen Flüssigkeit. »Das hat sie wahrscheinlich noch gesucht.« Sie sprühte sich etwas davon an den Hals. »Das ist Parfüm. Duftet sogar gut. Hebst du's für mich auf?« Sie drückte mir den Flakon in die Hand.

In der ersten Kinopause stand ich auf, um zur Toilette zu gehen. Die Übelkeit war schlimmer geworden, und ich konnte mich nicht auf die Handlung des Films konzentrieren.

»Wohin gehst du?«, fragte Nitzan.

»Ich bring dir auf dem Rückweg was zu trinken mit«, antwortete ich, ohne sie anzusehen, und schlängelte mich an den Sitzenden vorbei. Aber als ich einmal aus dem Saal heraus war, konnte ich nicht mehr zurück. Ohne lang nachzudenken, verließ ich das Kino, warf die Eintrittskarte in den Papierkorb am Ausgang und hastete zur Bushaltestelle. Der Parfümduft an Nitzans schlankem Hals stieg mir erneut in die Nase, und mein Magen verkrampfte sich.

Kaum hatte der Bus an der Haltestelle unseres Viertels die Türen geöffnet, sprang ich raus und hastete dem neuen Minarett der Moschee entgegen, dessen weiße Lichtergirlande zur Feier der Wiedereröffnung weithin leuchtete. Bevor wir ins Kino gefahren waren, hatte ich so lange zusammen mit Nitzan an der Haltestelle gegenüber gesessen, aber die Lichter, die die Besucher begrüßten, waren mir nicht aufgefallen.

»Na was, hast du's bereut?« Eine Hand landete auf meiner Schulter.

»Said!«, rief ich überrascht. »Was machst du denn hier?«

»Das könnte ich dich genauso fragen«, erwiderte er.

Ich steckte die Hand in die Hosentasche und rollte das Parfümfläschchen zwischen den Fingern.

»Aber sag mal, bist du nicht ein bisschen spät dran?«, fuhr er fort und sah auf seine Armbanduhr. »Ich steh hier schon eine halbe Stunde.«

Es war das letzte Mal, dass Vater und ich uns umarmten. Beim Verlassen der Moschee sah er Said und mich vor dem Gebäude warten und hielt abrupt inne. Dann kam er schnellen Schritts auf mich zu. Er sprang die Eingangsstufen hinunter, einen ungläubigen Ausdruck im Gesicht, als wüsste er nicht, ob er seinen Augen trauen sollte. Als er schließlich vor mir stand, senkte er müde, aber zufrieden die Lider, wie nach einer guten Mahlzeit. Er streckte die Hand aus und legte sie mir zögernd auf die Wange. Ich brachte kein Wort heraus. Vater nahm mich in die Arme und drückte mich so fest an seine Brust, dass ich seine Fingerspitzen in meinen Rippen spürte. Fast automatisch legte ich den Kopf an seine Schulter, schloss die Augen und atmete den vertrauten Duft seiner Nackenrillen. Der Vorplatz hatte sich unterdessen mit den Menschen gefüllt, die aus der Moschee strömten, aber sie beachteten uns nicht. Trotzdem wusste ich, dass es ihm unter diesen Umständen schwerfiel, mich weiter in den Armen zu halten, und mir wurde weit ums Herz vor Dankbarkeit. Auf dem Heimweg erzählte ich ihm, dass Nitzan wohl nicht mehr kommen würde. Er starrte vor sich hin und nickte, als wolle er mir sein Verständnis signalisieren.

Vier Monate später ist Vater gestorben. Er stürzte von einem der Gerüste, die seit Ewigkeiten in seinem Betrieb stehen, und landete auf der schmalen Betonfläche im Hof. Im Sommer dient dieser ehemalige Eingangsbereich als provisorischer Parkplatz für die

Lieferanten der Fabrik, weil er Schutz vor der Sonne bietet, aber es war Anfang Dezember. Die herbeigerufenen Sanitäter sagten Mutter, Vater sei seit mehreren Stunden tot gewesen, als er gefunden wurde. Seine Finger waren da bereits stocksteif. Mehr als zwanzig Jahre lang war er tagtäglich auf diese Gerüste geklettert und mit der Sicherheit eines Artisten auf ihnen herumgelaufen, neiderregend flink und leichtfüßig. Aber an jenem Morgen in der ersten Dezemberwoche war er gestrauchelt und in den Tod gestürzt. So ein banaler Tod. Im Stillen schämte ich mich ein wenig für ihn. Samaher rief mich an und überbrachte mir die Nachricht von dem Unfall. »Seine Finger waren stocksteif«, sagte sie.

Als ich aus Jerusalem eintraf, warteten Mutter und Samaher am Krankenhaustor. Mutter nahm mir den Rucksack von den Schultern und bat mich, nicht hineinzugehen, um den Leichnam zu sehen. Ich ging nicht hinein. Es dauerte einige Minuten, bis ein Arzt kam, ein roter Stift ragte wie eine Ampel aus der Brusttasche seines weißen Kittels. Mutter erhob sich aufgeregt zu seiner Begrüßung. Er teilte uns mit, dass Vaters Tod durch einen Schädelbruch verursacht worden war, man hatte graue Masse in seinem Haar gefunden.

»Graue Masse«, wiederholte ich im Stillen.

»Seine Wirbelsäule war stark beschädigt«, fügte der Arzt hinzu und blickte Samaher und mich an. »Ihm ist viel Leid erspart geblieben.« Er hatte sein grau meliertes Haar lässig zurückgekämmt, und die Müdigkeit stand ihm ins Gesicht geschrieben. Zwei dunkle Ringe umgaben seine Augen, drohten sie herunterzuziehen. Er dürfte in Mutters Alter sein, dachte ich, vielleicht sogar älter, und doch steht er hier mit dem roten Kugelschreiber in der Brusttasche und unterhält sich mit uns, während mein Vater zerschmettert im Zimmer hinter ihm liegt. Er war wie eine leere Farbdose in eine abgelegene Ecke seines Betriebes gerollt und dort liegen geblieben, bis jemand ihn zufällig fand. Seine Finger waren stocksteif gewesen.

Seit Vaters Tod sind inzwischen fast zwei Jahre vergangen, und das Wochenblatt der Islamischen Bewegung in Jaffa kommt immer noch jedes Wochenende ins Haus. Vater hatte es gern gelesen, bevor er freitags zum Mittagsgebet ging. Ein paar Monate nach dem Unfall hatte ich Mutter gefragt, ob sie das Abonnement nicht kündigen wolle, worauf sie mich fragte, ob ich das wünsche. Seither hole ich das Blatt jeden Freitag rein und nehme es mit nach Jerusalem.

Ich habe es jetzt auf den Knien liegen, *Al-Mithaq* prangt in grünen Lettern auf trübgrauem Grund. Nachts blättere ich in meiner Verzweiflung oft die letzten Seiten durch, die mit der »Ecke für die muslimische Frau«, und fische Rezepte heraus, um Mutter zu bitten, sie auszuprobieren. Die aktuelle Ausgabe bringt auf der Titelseite unter einer ziemlich dicken Schlagzeile einen Bericht über die Protestaktion der

Islamischen Bewegung vor der dänischen Botschaft in Tel Aviv. Sie hatte ein paar Dutzend Aktivisten und muslimische Jugendliche aus dem ganzen Land aufgeboten, um wegen einer Karikatur des Propheten Mohammed, die anscheinend weiter abgedruckt wird, zum Boykott dänischer Waren aufzurufen. Auf den Fotos stehen die Demonstranten hinter Polizeiabsperrungen: Männer und Frauen in traditioneller Kleidung, die bunte Papptransparente in die Höhe halten und betroffen die Augen aufreißen. Ihre Wut macht mich neidisch, und ich bedaure zutiefst, dass ich nicht früher von der Demonstration erfahren habe. Hastig sammle ich die einzelnen Teile der Zeitung zusammen, stapele sie nachlässig auf dem Tisch und sehe auf die Uhr: zehn nach sieben. Scharihan ist wahrscheinlich schon zu Hause.

»Bist du in Jerusalem?«

»Ja«, flüstere ich. »Keine Sorge, meine Rufnummer wird nicht angezeigt. Bist du allein?«

»Ja.« Ihre Stimme verändert sich. Vermutlich lächelt sie. »Ich bin gerade vom Einkaufen zurück, hab ein Geschenk für Said gefunden. Sein Geburtstag rückt näher.«

»Ich erinnere mich«, brumme ich und beeile mich, das Thema zu wechseln. »Sag mal, liest du *Al-Mithaq?*«

»Was?«

»Dieses Wochenblatt von der Islamischen Bewegung.«

»Ah, ich glaube, ich weiß, was du meinst«, sagt sie überrascht. In Gedanken sehe ich sie das Haar hinters Ohr streichen und die Brauen hochziehen. »Mein Vater nimmt das jede Woche in der Moschee mit. Warum fragst du das jetzt?«

»In der Ausgabe von dieser Woche steht etwas über eine Demonstration der Islamischen Bewegung.«

»Ja, vor der Botschaft.«

»Genau«, sage ich gespannt, »hatten sie das die Woche vorher angekündigt?«

»Ich weiß nicht, ich hab, ehrlich gesagt, durch Said von der Demonstration erfahren. Er ist an dem Tag hingegangen und hat sich an dem Protestmarsch beteiligt. Aber mich ...«

»Hab verstanden.«

»Warum, hättest du da auch hingewollt?«, fragt sie, und ich stelle mir vor, wie sie dabei die Lippen zu einem spöttischen Lächeln verzieht.

»Ich weiß nicht«, antworte ich und bereue sofort, nicht gesagt zu haben: »Wenn du mitgekommen wärst.«

»Was beschäftigt dich denn nun wirklich?« Ihr Atem füllt den Hörer. »Denn ich geh ja mal davon aus, dass du mich nicht angerufen hast, um über eine Demonstration zu reden, von der du nicht weißt, ob du hingegangen wärst oder nicht.«

»Hast du das Blatt?«

»Nicht vor mir, nein.«

»Auf der letzten Seite, wo sonst meist die Kaffeewerbung steht«, ich ziehe die Zeitung vom Tisch und lege sie wieder vor mich aufs Bett, »da bringen sie diesmal ein Zitat des Propheten Mohammed.«

»Und?«

»Es heißt dort, er habe gesagt, dass wir alle nicht als wahre Gläubige gelten könnten, solange wir nicht ihn, Mohammed, mehr liebten als uns selbst, unseren Besitz, unsere Eltern und Kinder und alle anderen Menschen.«

»Ja«, sagt sie und verstummt, als warte sie meine Reaktion ab. »Ich hab so was aus dem Koranunterricht in der Oberschule in Erinnerung. Das soll die Hingabe sein, die sich aus dem Wort ›Islam‹ ableitet.«

»So steht's hier auch.«

»Und warum beschäftigt dich das?«

»Solche Sprüche machen mich frösteln.« Ich lehne mich im Bett zurück und wickle mich in die Decke. »Versteh mich nicht falsch, aber wieso denn mehr als Eltern und Kinder und all die anderen, die er erwähnt hat? Findest du das nicht ein bisschen zu viel?«

»Zu viel?«

»Na, immerhin gibt es sehr viele Menschen auf der Welt.«

»Aber wir sprechen vom Glauben, nicht von Chirurgie«, sagt sie nun lauter. »Fass das bitte entsprechend auf. Ich muss mich über dich wundern, du als Student der Geisteswissenschaften ...«

»Ich bin nicht sicher, dass ich es anders auffassen kann, jetzt nicht mehr.«

»Was willst du eigentlich damit sagen?«

Ich verstumme wieder.

»Du bist nicht sicher, ob du wirklich glaubst oder nicht – ist es das, was du mir sagen willst?«

Ich drehe mich unbehaglich auf die Seite. »Ich denke einfach nicht, dass ich ihn mehr liebe als alle Menschen auf der Welt.«

»Ich verstehe«, erwidert sie in versöhnlichem Ton.

»Scharihan«, ich habe das Gefühl, dass dies der richtige Moment ist, »ich ...«

»Sag mal, wenn wir schon von dieser Zeitung reden«, fällt sie mir belustigt ins Wort, »kennst du die Rubrik am Schluss, mit den Kochrezepten?«

»Welche Rubrik?«

»Ich glaube, sie heißt ›Nische für die muslimische Frau‹ oder so ähnlich.«

»Nein, kenn ich nicht.«

»Schade, da stehen manchmal interessante Dinge drin, vielleicht suche ich mal Vaters Ausgabe.« Ich höre sie im Zimmer umhergehen. »Sie bringen da viele Rezepte für Lammfleisch, das du doch so gern isst. Bist du sicher, dass du das nicht mal gelesen hast?«

»Na, hör mal!« Ich setze mich kerzengerade im Bett auf und bemühe mich um einen überzeugenden Tonfall. »Meinst du wirklich, ich lese so was? Das ist eine Rubrik für Frauen!«

Die Woche ging schnell vorüber, obwohl ich nach unserem letzten Gespräch große Sehnsucht nach Scharihan hatte. Am Donnerstag verließ ich das Studentenwohnheim mit einem befreienden Gefühl der Erleichterung. Am Terminal für die Busse ins Landesinnere warteten außer mir zwei Soldaten, die eine Zigarette nach der anderen rauchten und ganz in ihr Gespräch vertieft waren, und eine junge Frau mit schwarzen Locken, die mit gesenktem Kopf auf einer der Bänke saß. Ich starrte lange auf ihren Rücken und rief dann Scharihan an, um ein Treffen in unserem Stammcafé in der Altstadt von Jaffa auszumachen.

Es war zwei Wochen her, dass ich sie zu einer feierlichen Stipendienverleihung in die Universität begleitet hatte. Sie hatte ihren Eltern erzählt, es sei eine abendliche Sondervorlesung anberaumt, und wir trafen uns am nördlichen Ende der Jefetstraße, wo ich mit einem Taxi auf sie wartete. Der Festakt fand in einem kleinen Auditorium statt, das zur Feier des Tages mit einigen bunten Anemonensträußen geschmückt war, und dauerte zwei, vielleicht auch drei Stunden, irgendwann verloren wir das Zeitgefühl. Die Stipendien waren nach den Gründern des Fonds benannt, und die Studenten wurden nach einer alphabetischen Liste aufs Podium gerufen, um die Urkunde entgegenzunehmen. Vor jeder Verleihung lobte der kleinwüchsige Mann hinter dem Rednerpult ausführlich den jeweiligen Gründer des Fonds, und so gab es denn, als der letzte Student an die Reihe kam, keinen edlen Spender mehr, der nicht gebührend gewürdigt worden wäre.

Da Scharihans Familienname einer der letzten auf der Liste war, mussten wir bis zum Ende des Festakts ausharren und beäugten neidisch die Glücklichen, die früher aufgerufen wurden und sich aus dem Staub machen konnten. Scharihans Stipendium war, wie wir erfuhren, nach dem Vater einer der Fondsdirektorinnen benannt, der zu den »Pionieren des jüdischen Siedlungswerks in Israel« gehört hatte. Als Scharihan auf dem Podium stand, versuchte ich, über die Köpfe meiner Vordermänner hinweg ihren Blick zu erhaschen. Sie wirkte sehr konzentriert, zumindest sah sie nicht in meine Richtung, sondern geradeaus zur ersten Sitzreihe. Die Miene des Redners wurde ernst, als er von der Aufbereitung verlassener Bodenflächen und von Schießübungen im offenen Gelände berichtete, wobei der Tenor seiner Worte erkennen ließ, dass er glaubte, von Heldentaten zu sprechen. Die Leute, die zu seiner Rechten auf der Bühne saßen und von ihm als Ausschussmitglieder vorgestellt worden waren, nickten mechanisch zu seinen Ausführungen. Als er geendet hatte, drückte er Scharihan die Hand, übergab ihr zwei Formulare und einen weißen Umschlag und ging dann zum nächsten Studenten auf der Liste über.

»Wie patriotisch von dir«, flüsterte ich ihr lächelnd zu, als sie auf ihren Platz neben mir zurückkehrte.

Sie unterdrückte ein Lachen und gab mir einen

Klaps auf die Hand. »Als ob diese Bitte um finanzielle Unterstützung nicht so schon peinlich genug wäre«, flüsterte sie, »jetzt muss ich meinen Eltern und Said auch noch sagen, dass ich das dem jüdischen Siedlungswerk zu verdanken habe. Die werden sich kugeln vor Lachen.«

»Sie müssen ja nicht alles wissen«, sagte ich und zwinkerte ihr zu.

»In diesem Fall bleibt mir nicht viel anderes übrig«, sie zeigte mir eines der Papiere. »Es steht sogar auf dem Scheck.«

Heute Morgen beim Aufwachen war ich in Gedanken schon bei Scharihan. Der Tag verging schnell. Als ich aus der letzten Vorlesung kam, traf ich am Eingang des Fakultätsgebäudes einen meiner Freunde. Von ihm erfuhr ich, dass ich für einen Kurs, den ich letztes Mal versäumt hatte, noch einmal die *Antigone* lesen und nächste Woche einen kurzen Aufsatz darüber abliefern musste. Also versuchte ich im Bus zurück nach Tel Aviv, mich in den Text einzulesen, aber meine Gedanken schweiften immer wieder ab. Ich überlegte, ob ich Scharihan erneut anrufen sollte, um sicherzugehen, dass sie kommen würde. Ich hatte einen Brummschädel vor lauter Schlafmangel, und als ich mir den vergangenen Tag durch den Kopf gehen ließ, wurde mir bewusst, dass ich seit dem Aufstehen noch nichts gegessen hatte.

Ich traf mit einer halben Stunde Verspätung in

Tel Aviv ein, sodass ich direkt zum Café weiterfahren musste und vor meinem Treffen mit Scharihan nicht noch mal zu Hause vorbeischauen konnte. Es überraschte mich nicht, dass sie bereits ungeduldig vor dem Kaffeehaus auf mich wartete. »Wo bleibst du denn?« Sie ergriff meine Hand. »Du weißt doch, dass ich schrecklich ungern allein im Café sitze.«

Ich machte eine missmutige Geste von wegen »frag nicht« und ließ mich von ihr an einen der hinteren Tische schleusen.

»Ich hab Neuigkeiten für dich«, verkündete sie, sobald wir saßen, aber bevor sie konkret werden konnte, kam der Kellner und bot uns zwei Gläser Wein gratis an, weil die Wirtin Geburtstag hatte.

»Darf's das sein?«, fragte er.

Ich nickte und dankte ihm.

»Moment, bevor wir weiterreden.« Scharihan deutete auf das Buch in meiner freien Hand. »Ist das nicht die *Antigone?*«

»Ja, wieder mal die.« Ich legte das Buch auf den Tisch.

»Ich erinnere mich an das Titelbild, seit ich es in der Oberschule gelesen habe.«

»Ja. Ich muss es jetzt noch mal lesen. Eine Tragödie, die sich stets aufs Neue wiederholt.«

»Haargenau«, sagte sie, und ich überlegte kurz, wie sie meine Worte verstanden hatte. »Weißt du, damals habe ich mich ungeheuer mit ihr identifiziert, mit dieser Antigone.«

Ich hing mit den Augen an ihren Lippen.

»Weil sie so sehr aus Gegensätzen und Widersprüchen besteht ...«, fuhr sie fort. »Weil sie gegen etwas zu Felde zieht, das scheinbar größer ist als sie. Ich weiß noch, dass die Lehrerin in der Oberschule dauernd das ›Anti‹ in ihrem Namen hervorgehoben hat. Vor allem deshalb habe ich mich ihr so nahe gefühlt.«

»Ich glaube nicht, dass du noch weißt, was tatsächlich in dem Stück passiert.«

»Das ist egal.« Sie lehnte sich in ihrem Stuhl zurück. »Wir sind doch beide ein wenig wie sie, sogar du.«

»Ich?«, fragte ich verblüfft.

»Diese ganze Geschichte mit dem Stipendium Anfang des Monats, weißt du noch? Da sind wir beide bei der ›Hatikwa‹ am Ende des Festakts brav aufgestanden, weil es uns peinlich gewesen wäre, einfach sitzen zu bleiben. Wenn das nicht Antigone ist, dann wüsste ich nicht, was sonst.«

»Ich glaube eher, Antigone hätte unter Protest den Saal verlassen«, sagte ich und drückte ihre Hand.

Scharihan nickte und schwieg eine Weile. »Erzählst du mir, wie es war, wenn du damit durch bist? Ich glaube, ich hab das Buch nie bis zum Ende gelesen.«

Einen Moment zögerte ich, ob ich wahrheitsgemäß antworten sollte oder nicht. »Ich glaube, sie stirbt am Ende.«

Scharihan verstummte. Der Kellner kehrte zurück und stellte zwei Gläser Rotwein vor uns ab. »Bitte sehr«, sagte er. »*Le-Chaim* – Auf das Leben!«

Wir blickten beide auf das Buch vor uns auf dem Tisch und prusteten los.

Seit dem Unfall sammelte Mutter jeden Abend die Brot- und Pita-Reste, die vom Tag übrig geblieben waren, in einem Plastikbeutel und hängte ihn an die Wasseruhr vor der Haustür. Bis vor zwei Jahren noch hätte sie ein zerrissenes oder verblichenes Kleidungsstück oder einen Kuchen, der im Ofen vertrocknet war, ohne Weiteres weggeworfen. Aber Vaters Tod hat eine eigenartige Sammelleidenschaft in ihr geweckt. Heute warten die alten Kleider in großen Bündeln auf Bettler, die ab und zu an die Tür klopfen, und die Essensreste türmen sich auf einem Kunststofftablett am Fuß eines Strommasts – zur Freude der Straßenkatzen.

Anfangs machten die Nachbarinnen sich über Mutter lustig und fragten, ob sie ihren Abfall auch vor der Haustür ausstellen dürften, aber keine von ihnen hatte erwartet, dass am nächsten Morgen, genau wie an allen darauffolgenden Tagen, sämtliche Pita-Beutel leer sein würden.

Lange glaubten wir, dass es die chinesischen Arbeiter waren, die zu jener Zeit gemeinsam mit städtischen Straßenbautrupps ins Viertel kamen, um unsere Straße neu zu pflastern. Jeden Morgen sah man sie wie Sandsäcke aus dem Bauch eines lärmenden Lasters plumpsen, in übergroßen Kleidungsstücken, die ihnen am Leib schlotterten. Anschließend reihten sie sich am Straßenrand auf und warteten dort auf die Anweisungen des Bauleiters.

Es war die Zeit, in der Scharihans Vater in Jordanien war und Scharihan uns fast jeden Tag besuchte. Mutter und Samaher machten keinen Hehl aus ihrer Zuneigung. Wenn sie nicht da war, erkundigten sie sich, wie es ihr ginge, und Samaher rief sie sogar gelegentlich an. Bei einem ihrer ersten Besuche hatte Mutter vorgeschlagen, sie solle doch auch Said mal mitbringen. Aber nachdem ich ihr gesagt hatte, dass Said gar nichts von den Besuchen seiner Schwester bei uns wisse, hat sie Scharihan nie wieder nach ihrer Familie gefragt.

Eines Morgens saß ich am Tisch vor meinem Zimmerfenster und blätterte in meinem Notizbuch, als ich Mutter die Straße überqueren sah, in beiden Händen prallvolle Plastikbeutel mit Gemüse. Sie stapfte schwerfällig über die kleinen Kieshügel, die überall im Weg lagen, stolperte immer wieder über ihre eigenen Füße und schien irgendwie nicht mehr Herr über ihre Gliedmaßen zu sein. Einer der chinesischen Arbeiter, der auf dem Gehsteig saß und die Szene beobachtete, warf seine Zigarette weg und ging auf sie zu. Er deutete auf ihre großen Einkaufsbeutel und wollte ganz offensichtlich seine Hilfe anbieten, aber Mutter fasste daraufhin ihre Beutel fester, presste sie eng an den Körper und stapfte mit grimmiger Miene davon.

Eines Abends stieg ich mit Scharihan aufs Dach. Wir setzten uns auf zwei alte Liegestühle, unter die Wäscheleinen, die Vater hier angebracht hatte. Die Nacht war lauer und einladender als erwartet. Wir streckten die Beine durchs Dachgeländer, sodass unsere Füße über den Mauerrand hinausragten. Zwischen uns standen ein kleiner Tisch, den ich hier heraufgetragen hatte, und darauf eine große Schale Sonnenblumenkerne.

»Diese Straßenbauarbeiten haben auch was Gutes«, sagte ich, »jeden Abend wird der Schutt beseitigt, den die Arbeiter hinterlassen, und damit auch gleich der Müll der ganzen Straße.«

Scharihan unterdrückte ein Lächeln und griff sich eine Handvoll Sonnenblumenkerne. Aus den Nachbarhäusern hörte man das Klappern von Geschirr, und ein heiseres Radio spielte ein altes Lied von Najwa Karam.

»Erinnerst du dich an dieses Lied?«, fragte sie.

»Ich weiß nicht genau«, log ich und lauschte. »Das ist ein Liebeslied, oder?«

Scharihan lehnte sich in ihrem Stuhl zurück. »Mein Vater kommt nächste Woche wieder.«

Ich ließ den Blick über die Balkone wandern, die von den Nachbarhäusern auf unser Dach schauten. Es war niemand zu sehen. Ich nahm Scharihans Hand und dachte einen Moment lang daran, dass wir die Zeit der Abwesenheit unserer Väter nutzen sollten, um uns zu vergnügen, ließ den Gedanken aber gleich wieder fallen.

»Sag mal, wer ist denn das Kind, das da unten vor eurer Tür rumläuft?« Scharihan war aufgestanden und beugte sich über das Geländer. »Ist das nicht der Nachbarsjunge?«

»Wo?« Ich stellte mich neben sie. »Ja, das ist Wachid, der kleine Sohn des Silberschmieds aus dem Erdgeschoss nebenan.«

»Dem Haus, aus dem man immer das Geschrei hört? Ich dachte, da gäbe es gar keinen Vater.«

»Jetzt nicht mehr«, sagte ich. »Seit sein Laden geschlossen ist, ist er kaum noch zu Hause. Was macht der Kleine da unten bloß alleine?«

Als ich Scharihan ansah, musste ich daran denken, dass die anderen Nachbarn sie bis vor Kurzem genauso misstrauisch gemustert hatten, mich selbst eingeschlossen. Jetzt spähten wir mit dem gleichen Unbehagen aus zwei Stockwerken Höhe hinunter auf den Jungen vor unserem Haus.

»Ich habe ihn vorhin schon gesehen«, bemerkte Scharihan. »Er schleicht sich regelrecht an und sieht sich andauernd um, als ob er was verloren hätte.«

Neugierig beobachteten wir sein Treiben. Der Junge zog ein paar Steinchen aus der Hosentasche, die wie bunte Murmeln aussahen, und ließ sie behutsam zum Hauseingang rollen. Ehe er einen Schritt nach vorn machte, um sie wieder aufzuheben, stopfte er sich das Hemd in die Hose und sah sich nochmals nach allen Seiten um. Dann bückte er sich nach jedem Stein einzeln und kam so der Schwelle des Hauses Stück für Stück näher.

»Was macht er bloß?«, flüsterte ich.

Direkt vor unserer Haustür steckte er die Steine wieder ein, vergewisserte sich erneut, dass weit und breit kein Mensch zu sehen war, lief flink zur Wasseruhr und zog die Pita-Stücke aus dem Beutel. Er hielt kurz inne, um sie zu betasten und daran zu schnuppern, dann drehte er sich um und verschwand blitzschnell im Nachbarhaus.

Bis heute habe ich Mutter nichts davon erzählt.

Am Monatsende hörten Scharihans Besuche auf. Ihr Vater war wieder in Jaffa, fand nach seiner Rückkehr aber kaum Arbeit und verbrachte die meiste Zeit zu Hause. Unsere Treffen wurden immer seltener. Ich rief mehrmals am Tag bei Said an, immer in der Hoffnung, dass irgendwann mal Scharihan an seiner Stelle ans Telefon gehen würde. Wir hatten uns bereits ausgemalt, dass wir in diesem Sommer gemeinsam die Hebräische Buchwoche besuchen würden, aber dann blieb ihr Vater nicht so lange in Jordanien wie erwartet. Letzten Endes war es Said, der mich zu dem Festival begleitete. Als ich vor seinem Haus auf ihn wartete, ging die Balkontür auf, und Scharihan lehnte sich lächelnd zu mir herab. Bevor ich nach ihr rufen konnte, tauchte Said auf und schubste sie, scheinbar versehentlich, mit dem Ellbogen beiseite. Sie ging wieder rein, und ich gestikulierte vergeblich herum, wie heiß mir sei. Said bat mich nicht hinein, sondern drehte sich um und kam runter.

Der Bus zuckelte langsam bis zum Ende der Hauptstraße. Große Müllcontainer, die schon zwei Wochen nicht mehr geleert worden waren, streckten ihre Eingeweide laut brummelnden Fliegenschwärmen entgegen. Erst auf der Strandpromenade standen wir nicht mehr im Stau und konnten wieder die Fenster öffnen. Fast augenblicklich wechselte die Kulisse zu grünen Rasenflächen und hölzernen Bänken mit Blick auf den Tel Aviver Sonnenuntergang. »Tel Aviv-Jafo«, sagte Said auf Hebräisch, und ich bedauerte, dass ich mein Notizbuch nicht mitgenommen hatte.

Bis zur Ankunft am Messegelände im Jarkon-Park redete ich nicht viel.

»Wann findet eigentlich die Arabische Buchwoche statt?«, fragte ich, nachdem wir die Sicherheitskontrolle durchlaufen hatten und ich meinen Rucksack wieder zumachte.

»Die war schon. In Haifa. Erinnerst du dich? Wir haben davon gehört, als wir dort zur Demo waren, nach dem erneuten Einmarsch in Gaza. Wir hatten damals ausgemacht, mit zwei interessierten Leuten aus der Gruppe hinzufahren.«

»Stimmt.« In meinem Magen rumorte es unangenehm. »An einem der Gebäude bei den Bahai-Gärten hing ein Veranstaltungsplakat.«

Said nickte und zündete sich eine Zigarette an.

»Und dann? Wieso sind wir nicht hingefahren?«

»Weiß nicht«, erwiderte er. »Ich denke, nachdem wir wieder in Jaffa waren, haben wir's schlichtweg vergessen.«

Ich wandte den Blick ab und tat so, als würde ich die Broschüre studieren, die ich an einem Zeitschriftenstand mitgenommen hatte.

»Halt!« Said blieb abrupt stehen und zerrte mich von dem Stand weg, auf den wir gerade zusteuerten. »Das da ist Esoterik-Kram. Dort gehen wir auf keinen Fall hin. Ich lebe lieber in Armut in einer Kiste, als noch ein Buch zu sehen, das mir erklärt, wie man nur mit Meditation und Tofu ein gutes Leben führen kann. Kehrt marsch!«

Wir drehten uns lachend um. Unsere Blicke fielen auf eine junge Frau, die das Angebot eines Stands direkt am Eingang zum Ausstellungsgelände studierte. Sie stand mit dem Rücken zu uns, und das Haar ging ihr fast bis zur Taille. Said und ich sahen uns kurz an, dann steuerten wir auf sie zu.

»Hier haben wir doch mal eine Frau mit Niveau«, rief der bebrillte Verkäufer am Stand angesichts der potenziellen Kundin und legte dem Mann neben ihm die Hand auf die Schulter. »Nicht wie diese Primitivlinge am Stand da drüben«, fügte er hinzu und entblößte eine silberne Brücke im Oberkiefer.

Die junge Frau studierte weiter den Text auf der Rückseite des Buches, ohne dem Verkäufer Beachtung zu schenken. Ihrer Miene war zu entnehmen, dass seine Bemühungen bei ihr vergeblich waren.

»Das ist ein tolles Buch«, sagte Said schließlich mit unsicherer Stimme und deutete auf Dostojewskis *Weiße Nächte*, die sie in den Händen hielt. Es war eins von Scharihans Lieblingsbüchern. Sie hatte in meinem Exemplar ein paar Zeilen gelesen und es sich dann bei mir ausgeliehen. Ich wusste, dass Said das Buch nicht kannte, und war gekränkt, dass er sich vor der jungen Frau dreist damit brüstete. Sie belohnte ihn mit einem breiten Lächeln, nickte dankend, legte das Buch an seinen Platz zurück und wandte sich ab.

»Die kommt wieder.« Der Verkäufer beugte sich über seine Bücher hinweg augenzwinkernd zu uns. »Sie läuft seit dem frühen Abend hier rum und klappert alle Stände ab, aber am Ende kommt sie hierher zurück.« Er lächelte zufrieden, als hätte er die Werke, die sie wieder herführen würden, persönlich geschrieben. »Nur schade, dass sie sich die Bücher von Georges Perec nicht angeschaut hat, das hätte sie endgültig perfekt gemacht.«

Als ich gerade nach dem Buch greifen wollte, schnellte eine flinke Hand von hinten vor und schnappte sich das oberste Exemplar auf dem Stapel. Ich drehte mich um. Hinter mir stand ein hochgewachsener, bärtiger Mann. In der einen Hand hielt er das Buch, mit der anderen versuchte er, einen kleinen Jungen zu beruhigen, der sich ungeduldig an sein Bein klammerte. Er überflog die Bücher am Stand und hätte beinahe nach einem weiteren Band gegriffen, doch nun plärrte der Junge los und zerrte an seinen Hosenbeinen. Der Mann zog ein paar Geldscheine aus der Hosentasche, gab sie dem Verkäufer und ging, das Kind auf dem Arm und das Buch zwischen den Zähnen.

»Guck dir das an«, wandte sich der Verkäufer wieder an den Mann zu seiner Rechten. »Seit zwei Tagen warte ich vergeblich drauf, dass jemand sich für Georges Perec interessiert, und dann kommt ausgerechnet dieser Araber daher und nimmt sein *W oder die Kindheitserinnerung*.«

Ich zückte mein Portemonnaie, zahlte für den vierten Band von Prousts *Suche nach der verlorenen Zeit* und verließ den Stand, Said im Schlepptau. Auf Saids Vorschlag hin machten wir eine Pause, kauften heiße Maiskolben und ließen uns auf der Wiese nieder.

»Bist du diese Geschichte nicht langsam leid?«, fragte Said, grub seine Zähne in den dampfenden Maiskolben und angelte mit der freien Hand nach dem Buch. »Der vierte Band, und du wirfst noch immer nicht das Handtuch?«

»Das ist anscheinend eine verlorene Sache«, sagte ich lächelnd. »Siehst du denn nicht? Es steht sogar auf dem Cover.«

Aber Said ließ die Augen über die Stände hinweg schweifen. »Schau!«, rief er und zeigte auf den Stand, an dem ich das Buch gekauft hatte. »Da ist wieder die Frau von vorhin, die mit den langen Haaren.«

»Ich hätte nicht gedacht, dass sie nach dem Theater, das der Verkäufer veranstaltet hat, wiederkommen würde«, sagte ich.

»Anscheinend hat er wirklich was, das sie haben möchte.«

Sie hatte ein Buch aufgeschlagen, das ich am Einband erkannte. Als der Verkäufer gerade nicht hinsah, nahm sie es vom Tisch und verbarg es unterhalb des Standes.

»Was macht sie da?«, fragte ich verwundert.

Sie sah zu, wie der Verkäufer anfing, die Bücher auf der anderen Standseite zu sortieren, und ließ das Buch in ihre Umhängetasche gleiten.

»Unglaublich!« Said fiel der Maiskolben aus der Hand. »Sie hat gerade das Buch geklaut!«

»Hab's gesehen«, sagte ich und konnte nur mit Mühe ein Lachen unterdrücken. Aus unerfindlichen Gründen amüsierte mich das Geschehen. »Hatte der Verkäufer nicht etwas von einer Frau mit Niveau gesagt?«

»Hat er …«

»Damit hat er zumindest recht behalten.«

Said zog verwundert die Augenbrauen hoch.

»Hast du gesehen, welches Buch sie abgestaubt hat?«, fuhr ich fort und stupste ihm mit dem Ellbogen in die Seite, ähnlich wie er es mit Scharihan getan hatte. »Natalia Ginzburgs *Die Stadt und das Haus.*

Sie hat dich vorhin vielleicht abblitzen lassen, Said, aber jetzt wissen wir auch, warum: Diese Frau hat Geschmack.«

Sag mal, warum mussten wir eigentlich ausgerechnet an dem Wochentag auf Schnäppchenjagd gehen, an dem der Flohmarkt am vollsten ist?«, fragte ich und wischte mir erschöpft den Schweiß aus dem Gesicht.

»Am Freitag senken sie die Preise«, antwortete Said, »um vor Beginn der neuen Woche möglichst viel Ware loszuwerden. Und ich brauche einfach ein paar Sachen für mein Zimmer.«

»Also wirklich, Said«, seufzte ich am Eingang zum Markt. »Ausgerechnet du lässt dich vom Flohmarkt verlocken? Die Trödelhändler hier verlangen Spitzenpreise. Die kannst du dir ohnehin nicht leisten.«

»Anschauen kostet doch nichts, oder?«

»Ehrlich gesagt bin ich da nicht sicher«, lachte ich. »Bei den Preisen hier würde mich gar nichts wundern. Aber du wirst schon sehen. Es wird dir ergehen wie allen anderen Jaffaern, die hier nichts kaufen können. Du gehst rein, verliebst dich auf der Stelle in die Möbel, die du dir nur mal ansehen wolltest, und wenn du dann entdeckst, was sie kosten, läufst du zu Ikea.«

Er lachte schallend und klopfte mir auf die Schulter. »Komm mit in ein paar Läden, und dann sehen wir weiter. Vielleicht erwartet uns ja eine Überraschung.

Und außerdem, was gibt's denn bei Ikea, das wir hier nicht haben?«, sagte er und breitete die Arme aus.

»Eine Klimaanlage.«

»Wir suchen dir einen Laden mit Ventilator«, versprach er. »Aber hör auf zu jammern. Du hast mich schon zu Schlimmerem mitgeschleppt. Ich muss dich ja wohl nicht an den Leseabend mit Bialik-Gedichten in der Tel Aviver Stadtbibliothek erinnern, oder?«

»Da du gerade Bialik erwähnst. Heute ist sein Todestag.«

Wir streiften durch ein Meer verschwitzter Hemden und voller Tragetaschen und verloren uns dabei hin und wieder aus den Augen.

Tatsächlich empfing uns beim Betreten des ersten Ladens ein riesiger Ventilator, der an einer langen Stange über dem Eingang hing. Wir blieben einen Augenblick stehen, um uns kühle Luft zufächeln zu lassen, und gingen dann gemächlich hinein zu den Gegenständen, die sich so eng gedrängt und wahllos gegenüberstanden wie in einer wilden Tanzformation: Ein ausladender Bronzespringbrunnen stand neben einem Doppelbett ohne Matratze, und eine Reihe ovaler Spiegel in geschnitzten Rahmen lehnte an bunt gestreiften Gartenmöbeln.

»Sieh mal, wie hübsch«, sagte Said und deutete auf einen kleinen runden Holztisch auf geschwungenen Beinen mit sorgfältig gearbeiteten Schnitzereien.

Ich nickte zustimmend.

Said strich behutsam mit der Hand über die Tischplatte, bis seine Finger an das Schild stießen, das an der Seite baumelte. Er drehte es um, las den Preis und gestand dann mit einem Lächeln ein: »Gut, bei Ikea gibt's so was vielleicht billiger.«

Wir schlenderten weiter durch die engen Gänge und wechselten anerkennende oder ablehnende Blicke angesichts der ausgestellten Waren. Als schließlich ein Händler beflissen auf uns zueilte, uns ins Schlepptau nahm und langatmige Erklärungen über jedes Möbelstück abgab, für das wir auch nur einen Funken Interesse zeigten, suchten wir das Weite. Ehe wir jedoch zu den anderen Geschäften in derselben Gasse weitergingen, zerrte Said mich am Arm und deutete mit den Augen in die Gegenrichtung. »Was ist das dort?«

Auf der Schwelle eines kleinen, fensterlosen Ladens stand ein älterer, untersetzter Mann, rauchte eine Zigarette und sah geduldig geradeaus. »Da ist kein einziger Kunde drin.«

»Guck mal, was er da am Eingang hat.«

Wir gingen auf den Laden zu. Neben der Tür stand eine Reproduktion, die extradicke Leinwand war mit Reißzwecken an den Rahmen geheftet: Eine nackte Frau deutete auf eine männliche Gestalt, die versuchte, aus dem Inneren einer Erdkugel herauszuschlüpfen wie aus einem Ei. An der Stelle, an der er die Kruste durchstieß, floss Blut. Ein kleines Kind verfolgte das Geschehen und klammerte sich erschrocken an die Beine der mageren Frauengestalt.

»Dalí?«, fragte ich.

»Hab ich dir nicht gesagt, dass uns eine Überraschung erwartet?«, sagte Said mit glänzenden Augen.

Wir betraten den Laden. Mit einer Hand hielt Said das Bild, mit der anderen machte er eine Geste in Richtung Verkäufer.

»Fünfzig Schekel«, sagte der Händler ohne Zögern. »Und nimm mir das Ding schon ab. Monate hab ich's hier stehen, und keiner will es.«

Said verstummte sichtlich gekränkt. In diesem Augenblick sah er Scharihan unglaublich ähnlich, dieselbe vorwurfsvolle Verengung der Augen, dieselbe kindlich schmollende Unterlippe. »Das ist Salvador Dalí«, sagte er.

»Hör mal, mir ist piepegal, ob das Dalí oder Baba Sali ist«, lachte der Dicke abfällig. »Wenn du fünfzig Schekel lockermachst, gehört er dir.«

Said zog einen gefalteten Geldschein aus der Hosentasche, reichte ihn dem Händler mit verschlossener Miene und hätte mir wohl sofort das Zeichen zum Aufbruch gegeben, wenn er zwischen den alten Büchern und den hohen Schallplattenstapeln auf dem Boden nicht noch mehr Dalís vermutet hätte.

»Also, was hast du vorhin von Bialik gesagt?«, wandte er sich an mich, um sich von der Kränkung abzulenken.

»Heute ist sein Todestag«, erwiderte ich. »Das steht in allen Wochenendzeitungen.«

»Bialik? Daran erinnert ihr euch?«, fragte der Händler auf Arabisch und kam auf uns zu.

Said und ich sahen uns verdutzt an.

»Ich möchte euch mal was zeigen«, fuhr er fort, und seine Miene wurde offen und versöhnlich. Er kletterte auf einen kleinen Stuhl, zog ein weißes Buch aus einem Bücherbord und reichte es mir.

Ich las laut die arabischen Buchstaben auf dem Umschlag: »Ghassan Kanafani«.

Said sah mich verwirrt an.

Der Blick des Alten verdüsterte sich, und seine Stimme wurde wieder mürrisch und ungeduldig. »Klar wisst ihr nicht, wer das ist«, sagte er. »Wer in eurem Alter weiß denn heutzutage noch, wer Ghassan Kanafani war? Alles, was ihr wisst, ist ...« Er wollte wieder lauter werden, brach jedoch abrupt ab und setzte sich auf den Stuhl uns gegenüber. »Aber ihr seid ja nicht schuld«, sagte er mit einer abwehrenden Handbewegung. »Heute ist der Todestag von Bialik, und diesen Dalí schätzt ihr sehr. Gibt man euch aber ein arabisches Buch, seid ihr verwirrt, ihr seid die Schrift nicht gewöhnt.«

»Ich weiß aber, wer Ghassan ...«

»Viele nennen ihn den ›Prinzen der palästinensischen Literatur‹«, fuhr der Alte unbeirrt fort. »Redet mit mir nicht über Literatur, ehe ihr nicht *Das Land der traurigen Orangen* gelesen habt. Dieser Mann, von dem du nicht weißt, wer er ist«, er stand auf und blickte Said an, »hat die Dinge geschrieben, die Bialik dir niemals würde erzählen wollen.« Er sprach so ehrfürchtig und angeregt, dass wir unwillkürlich eine weitere halbe Stunde auf unseren Plätzen sitzen blieben, um der mäandernden Predigt eines Mannes zu lauschen, dem wohl schon lange keiner mehr zugehört hatte. Als wir schließlich gehen wollten, hielt ich ihm das Buch wieder hin, aber er legte die Hand an die Brust, als beleidige ihn mein Angebot, und so behielt ich es. Beim Weiterbummeln zwischen den Ständen überlegte ich, wie es passiert war, dass ich zwar Bialiks Todestag kannte, die Geschichten aus dem *Land der traurigen Orangen* aber größtenteils vergessen hatte.

Die vielen Marktbesucher wirbelten so viel Staub auf, dass mir die Augen tränten und mein Mund ganz trocken wurde. Ich sah Said an und suchte nach Anzeichen von Unwillen in seinem Gesicht, aber er war versunken in die Leinwand, die er mit beiden Händen hielt. Ich rieb mir den Staub aus den Augen, bis sie brannten. Am Ende der Straße stand ein kleiner Falafel-Imbiss, und Said schlug vor, dort einzukehren. Die junge Frau hinter der Theke reichte mir eine handgeschriebene Speisekarte in Schnörkelschrift.

»Na, sieht das gut aus?«, fragte Said.

»Ich weiß nicht«, sagte ich und fuhr mit zwei Fingern über die Buchstaben. Durch den dichten Tränenschleier wirkten sie verzerrt und flossen ineinander. »Ich weiß nicht«, sagte ich noch einmal und gab ihm die Karte zurück. »Ich kann nicht entziffern, was da steht.«

Ich ging allein nach Hause. Der Himmel wurde schon dunkel, und das geschäftige Treiben der Stadt machte langsam einer ruhigen Schabbatstimmung Platz. Ich beschloss, durch die Altstadt zu gehen und den frühen Abend mit Scharihan an unserem Stammplatz zu verbringen. Am Eingang zur Altstadt stand ein Mann, das Basecap verkehrt herum auf dem Kopf, und verkaufte arabische Grußkarten. Seinem Gesicht war anzusehen, dass er schon bessere Tage erlebt hatte. Aus einem großen Ausflugsbus, der in der Nähe parkte, stiegen drei junge Frauen, besahen sich die Karten und setzten sich dann auf eine Bank am Rande des Platzes. Ich schlenderte wie zufällig näher, um mitzukriegen, worüber sie redeten. Die Größte unter ihnen sagte etwas über ihre Schwiegermutter und lachte, mit einer Hand vor dem Mund. Mit der anderen hielt sie ihren beiden Begleiterinnen eine Papiertüte mit Sonnenblumenkernen hin. Sie rief nach einem der Kinder, die in der Nähe herumtollten, aber der Junge ließ sich nicht stören. Er lauerte einem Katzenjungen auf, das vor den Kindern ins Gebüsch geflüchtet war. Die Frau öffnete den Mund, als wolle sie erneut nach ihm rufen, sank aber gleich wieder zurück auf die Bank und wedelte resigniert mit der Hand. Daran, wie sie den Namen des Jungen aussprach, erkannte ich, dass die drei keine Einheimischen waren. Auf ihrem Bus prangte die arabische Aufschrift »Nazareth-Reisen«.

Ich ließ mich in der Nähe auf einer Bank nieder

und sah den Kindern zu, die sich mittlerweile im Kreis auf die Erde gesetzt hatten. Eine ältere Frau in einem weißen Kleid, ähnlich dem, das meine Mutter für Festtage gekauft hatte, stand in der Mitte und fragte, ob sie sich an ihre vorigen Besuche hier erinnern könnten. Einige Kinder jauchzten zur Antwort und riefen laut heraus, was sie behalten hatten.

»Erinnert ihr euch an den Wal dort unten?« Sie deutete auf die Skulptur von Ilana Goor.

»Ja!«, riefen alle begeistert und sprangen auf.

Sie tippte einen der Jungen auf die Schulter und deutete auf das Schild an der Front des Gebäudes. »Was ist das hier?«

Der Junge kniff die Augen zusammen und las: »I-lana-Goor-Mu-se-um.«

Scharihan fehlte mir so sehr in diesem Augenblick. Ich sah auf meine Armbanduhr und schätzte, dass Said schon zu Hause war. Ich erhob mich zum Gehen und bereute, ihn nicht doch begleitet zu haben. Einer der Jungs kam zu mir und fragte, ob ich wüsste, wann das Museum geöffnet sein würde. Ich schüttelte den Kopf, mit der entschuldigenden Geste eines Menschen, der die Sprache, in der er angesprochen wurde, nicht versteht, und verließ schnellen Schrittes die Altstadt.

Als ich zehn Jahre alt war, setzte ich zum ersten Mal einen Fuß in die Synagoge am Ende unserer Straße. Samaher und ich saßen gerade auf der hölzernen Schaukel, die in jenem Sommer vor unserem Haus stand, und Mutter hockte mit einer Plastikschüssel zwischen den Knien auf der Türschwelle und schälte Klementinen. Vater hatte die Früchte am Vortag in zwei bauchigen Bastsäcken aus Qalqiliya mitgebracht. Sie waren unglaublich saftig, und ihre süßen, fleischigen Schnitze zergingen auf der Zunge. Ich futterte begierig ein Stück nach dem anderen, zur Freude meiner Mutter, die sich beeilte, immer mehr davon zu schälen.

Samaher bemerkte den jungen Mann mit dem schwarzen Hut als Erste. Er lief sichtlich angespannt von Haustür zu Haustür und sah ratlos aus.

»Guten Abend«, wandte er sich schließlich an meine Mutter und nahm den Hut ab, unter dem ein Ring von Schweißperlen zum Vorschein kam. Der Sommer ging dem Ende zu, aber es war ein ungewöhnlich heißer Abend.

Mutter antwortete mit einem zögerlichen Nicken.

»Verzeihen Sie die Störung, aber in der Synagoge muss das Licht angeschaltet werden.«

Samaher sah mich an und grinste verschwörerisch.

»Und der Schabbat ist noch nicht zu Ende«, fuhr er fort, wischte sich mit dem Handrücken den Schweiß ab und lächelte angesichts unserer Verblüffung. »Wir brauchen jemand, der das Licht im Gebäude anschaltet.«

»Ah ... ich verstehe«, sagte Mutter erleichtert. »Gewiss.« Sie hielt dem Mann die Obstschale hin und sah mich an.

»Ich?!«

»Ja, wer denn sonst? Ich etwa?«, lachte sie und setzte die Schüssel wieder ab.

Der Mann war schon losgegangen. Ich stand auf und trottete ihm nach, kaute unterwegs nervös an dem Stück Klementine herum, das ich noch in der Hand hielt, und warf Mutter von Weitem wütende Blicke zu. Etwa auf halber Strecke bemerkten uns ein paar Kinder aus dem Viertel. Sie unterbrachen ihr Völkerballspiel und blickten neugierig zwischen mir und der schwarzen Gestalt hin und her.

»Was machst du denn da?«, rief mir Nimrod zu, die schmutzigen Hände wie einen Trichter an den Mund gelegt. Er sah sich nach seinen Mitspielern um, ob sie auch alles mitbekamen. »Gehst du mit den Kakerlaken?«

Ich senkte verlegen den Kopf und schlenderte ganz rechts am Bordstein weiter, um möglichst jede Verbindung zu dem schwarzen Mann da vorn zu verleugnen. Soweit ich mich erinnere, war dies das erste Mal, dass ich Mutter den Tod wünschte. Ich zerquetschte den Klementinenrest zwischen den Fingern und stellte mir vor, es wäre ihr Kopf, der da in meiner Hand zerplatzte, der zermalmt wurde und seine Flüssigkeiten auf den Asphalt und auf meine Schuhe träufelte. Er sieht wirklich aus wie eine Kakerlake, dachte ich. Weiß der Teufel, was die da treiben, in dieser Synagoge, und ob die ganze Sache mit dem Lichtanzünden nicht nur eine Finte ist. Es wird ihr ja so was von leidtun, wenn mir was zustößt, und das soll es ruhig, damit sie sich quält und vor Reue verzehrt.

Wir bogen ab zum letzten Gebäude an der Straße und betraten die Synagoge. In ihrem Inneren war es ziemlich düster, und der Geruch heißen Wachses hing in der Luft. Ich kniff die Augen zusammen und bemühte mich, den Mann, der mich hierher geführt hatte, von den anderen Gestalten zu unterscheiden. Er lotste mich in einen kleinen, fensterlosen Raum, in dem ein paar alte Stühle standen und zwei junge Männer an der Wand lehnten. Er gab den beiden ein Zeichen und steuerte auf die nächstgrößere Tür zu. Ich hastete hinterher, um ihn nicht zu verlieren, aber als ich den Raum betrat, packte mich eine starke Hand an der Schulter und hielt mich fest. Jetzt sah ich gar nichts mehr. Es ist ja stockfinster hier drin, was machen die bloß hier im Dunkeln? Meine Hand klebte von dem getrockneten Fruchtsaft. »*Jama*«, rief ich nach meiner Mutter.

»Hier geht's lang«, sagte die Stimme hinter meiner Schulter. Jemand schob mich in Richtung Wand. Dort kletterte ich vorsichtig auf den bereitgestellten Stuhl und tastete nach der Schalterreihe.

»Danke«, sagte der schwarze Mann, als das Licht

im Raum aufflammte. Jetzt sah ich, dass er lächelte. Auf seinem schmalen Gesicht zeigten sich überall rote Flecken. Augenblicklich fühlte sich die Hitze unerträglich an.

Ich bückte mich, um vom Stuhl zu steigen, und er hielt die Lehne fest, damit ich nicht damit umkippte. »Bitte«, antwortete ich und stellte fest, dass ich mich nicht in der eigentlichen Synagoge befand, sondern in einem rechteckigen Vorraum. Aus dem Augenwinkel sah ich, dass an der Wand gegenüber der Kalk abbröckelte und ein Mosaik grüner Farbe freilegte, von ganz ähnlichem Ton wie die Fassade unseres Hauses. »Ich muss los«, sagte ich und suchte mit fragendem Blick nach dem Ausgang.

»Nach rechts«, antwortete eine Stimme hinter mir, und schon stand ich wieder auf dem Bürgersteig.

Nimrod wartete vor der Bäckerei, seinen alten Fußball unter den rechten Arm geklemmt.

»Wolltet ihr nicht Völkerball spielen?«, fragte ich.

»Sicher.« Er ging neben mir her. »Wir haben zwei Runden gespielt. Ich habe mit meiner Mannschaft beide Male gewonnen.«

»Schon? Wie kann das denn sein?«

»Wie kann es sein, dass du zu denen gegangen bist?« Er sah mich wütend an. »Meine Mutter sagt, man darf den Ultraorthodoxen nicht zu nahe kommen. Das sind Ganoven, die hier auf unsere Kosten leben.«

Später stahl sich Nimrod so manchen Nachmittag in den Hof der Synagoge, um zu rauchen. Er setzte sich auf den äußeren Teil der Klimaanlage, während ein paar Jungs aus dem Viertel und ich ihn umringten und staunend zuguckten, wie er genussvoll an der Zigarette zog, lange Züge nahm und den Rauch lässig wieder ausstieß. Dann ging die Zigarette reihum, doch wir anderen husteten ohne Ausnahme schon nach einem Zug und reichten sie schmerzgekrümmt weiter, bis sie wieder bei Nimrod war, der die Sache zufrieden beobachtete. Fast immer entdeckte uns einer der Betenden und kam mit einem alten Besen, der immer im Eingang stand, auf uns zugerannt. Dann spurteten wir los, rannten die Straße herunter und konnten uns kaum halten vor Lachen. Und am nächsten Tag begleiteten wir Nimrod wieder auf den Hof der Synagoge.

Nimrod ist vor einem Jahr eingezogen worden. Said hat mir erzählt, dass er bei der Luftwaffe ist. Nimrod und ich haben schon seit Jahren kein Wort mehr miteinander gewechselt. Vielleicht sollte ich ihm erzählen, dass die Synagoge inzwischen vom Abriss bedroht ist.

»Wegen den Ultras können wir am Schabbat morgens nicht zu Tante Jasmin fahren, nur weil die entschieden haben, dass dann keine Busse fahren dürfen«, hatte Nimrod mir damals erklärt. »Und die rufen gleich die Polizei, wenn du deinen Hund in den Park an der Kreuzung ausführst, weil sie Hunde hassen.«

»Aber was kann die Polizei denn einem Hund antun?«

»Weiß nicht, ihn umbringen«, antwortete er. »Aber so oder so. Du hättest nicht mit ihnen gehen sollen. Oder hast du vergessen, dass wir ihretwegen sogar meine Geburtstagsparty im Winter abbrechen mussten? Auch wenn du einen Kassettenrekorder anstellst, holen die gleich die Polizei.«

»Aber sie haben uns um Hilfe gebeten«, versuchte ich mich Nimrod gegenüber zu verteidigen. »Sie brauchten jemanden, der das Licht anschaltet. Sie konnten überhaupt nichts sehen. Das war ziemlich gruselig.« Ich sah ihn einen Moment an und fügte dann hinzu: »Und außerdem hat meine Mutter mich gezwungen.«

Er ließ den Ball fallen und kickte ihn vor sich her. »Wir waren eigentlich zum Spielen verabredet, erinnerst du dich?«

»Klar erinnere ich mich«, sagte ich. »Das können wir jetzt machen. Wir könnten alle vor dem Lebensmittelladen zusammenrufen und Mannschaften bilden. Hast du Lust?«

»Nein.« Er zuckte mit den Schultern, ohne den Blick vom Ball zu heben. »Die Jungs sind schon nach Hause gegangen, wir sind nicht mehr genug für ein Spiel.«

»Dann morgen?«, fragte ich, aber Nimrod antwortete nicht. Er lief weiter schweigend neben mir her und kickte ab und zu müde gegen den Ball.

»Weißt du«, sagte er, als wir uns meinem Haus

näherten, und senkte die Stimme. »Die Jungs wollten eigentlich Daniels großen Hund auf dich hetzen. Sie wollten vor der Synagoge auf dich warten und den Hund auf dich loslassen, sobald du rausgekommen wärst.«

»Echt?«, versuchte ich möglichst gleichgültig zu fragen.

»Ja, weil du Araber bist«, erklärte Nimrod leise. »Meine Mutter meint, die Jungs wären alle Rassisten. Sie achten einander nicht.«

Wieso trinkst du denn plötzlich Alkohol?«, lachte Nitzan und musterte das Glas in meiner Hand. »Du willst das neue Jahr ja offenbar mit einem mutigen Schritt beginnen.«

»Das vertrag ich locker.« Ich nahm einen weiteren Schluck. »Außerdem bist du ja die Fahrerin.« Ich erinnere mich deutlich an diese Sätze.

Wie zum Einverständnis legte Nitzan den Kopf schief und bestellte sich zum dritten Mal ein Getränk an der Bar. Frustriert starrte ich wieder in mein Glas. Wir waren seit fast einer Stunde auf dieser Neujahrsparty, und ich nuckelte als Einziger noch am ersten Drink. Ich nahm einen weiteren, größeren Schluck und legte den Kopf in den Nacken, um die Flüssigkeit schneller herunterzukriegen. Wegen des Brennens in der Kehle muss ich wohl die Augen so zusammengekniffen haben, dass Nitzan sich zu mir beugte und fragte: »Pennst du schon ein? Es ist erst Viertel nach eins!«

Der Club war brechend voll, und um uns unterhalten zu können, mussten wir einander ins Ohr brüllen. Nitzan kam näher und sagte irgendetwas, aber ich hörte nichts als Silbenfetzen. Da sie besorgt aussah, schüttelte ich mehrmals den Kopf. »Sehr gut«, sagte sie, sichtlich erleichtert.

Kurz danach bat sie eine von ihren Freundinnen, die mit uns hier waren, auf ihren Drink aufzupassen, und forderte mich zum Tanzen auf. Ich starrte auf die überfüllte Tanzfläche in der Saalmitte und erklärte, ich sei noch zu nüchtern, um unter so vielen Menschen zu tanzen. Nitzan machte eine enttäuschte Handbewegung. »Noch eine Runde für den Schüchternen hier«, rief sie dem Barmann zu und verschwand im Gedränge.

Ich sah mich beklommen um, entdeckte aber nirgends ein bekanntes Gesicht. Said hatte schon auf dem Weg hierher über Kopfschmerzen geklagt und war sicher inzwischen gegangen. Ich zog das Handy aus der Hosentasche und überlegte, ob es hier wohl irgendwo ein ruhiges Eckchen gab, um mit Scharihan zu telefonieren. Vielleicht war sie noch wach, und Said würde einige Zeit brauchen, bis er zu Hause war.

»Mädchensachen, oder?«

Ich sah ein Glas vor mir auf dem Tresen landen und blickte verwirrt hoch.

»Deine Freundin hatte noch einen Drink für dich

bestellt.« Die Stimme wurde klarer, aber es dauerte etwas, bis ich begriff, dass nicht von Scharihan die Rede war.

»Sie ist nicht meine Freundin«, sagte ich.

Der Barmann kam näher und legte die Hand ans Ohr: »Was hast du gesagt?«

»Egal«, ich schüttelte den Kopf. Wahrscheinlich würde es hier nicht gegen mich sprechen, wenn er annahm, ich sei mit einer Freundin da. »Was hat sie denn für mich ausgesucht?«

»Wodka Sunrise«, sagte er und lächelte, als wolle er eine Peinlichkeit ausräumen. »Es war meine Wahl. Sie hat gesagt, du wärst schüchtern, und meiner Erfahrung nach lieben schüchterne Männer Mädchen-Drinks.«

»Was für Drinks?«

»Welche für Mädchen, Mädchen-Drinks. Hab ich doch gesagt, als ich ihn dir gebracht hab. Hat dich wohl erschreckt?«

Ich schob das Glas beiseite und hatte plötzlich das dringende Bedürfnis, hier wegzukommen.

»Diese ganzen Cocktails, die süßen«, fuhr der Barmann fort, »die mixen wir für die, die nix vertragen, aber doch das Gefühl haben möchten, sie hätten was getrunken und Spaß gehabt. Für die Angsthasen, um's mal auf den Punkt zu bringen. Meist sind das die Mädchen.«

»Okay, hab's kapiert«, sagte ich laut. »Und welche Drinks hast du für Schwätzer?«

»Probier doch mal«, er deutete auf das Glas.

Ich trank einen Schluck und musste mich beherrschen, nicht noch einen zu nehmen, damit der Mann sich bloß nicht bestätigt fühlte. »Nicht schlecht«, sagte ich, ohne ihn anzusehen.

»Wusste ich's doch.« Er rieb sich hochzufrieden die Hände.

Ich sah im Geist das volle Glas auf seinem Schädel zerschellen.

»Ich irre mich nie«, sagte er und zog ab zum anderen Ende der Bar.

Sobald ich mich unbeobachtet fühlte, trank ich gierig das ganze Glas. Der süße Geschmack kühlte die glühenden Striemen, die mir das vorige Getränk in die Kehle gebrannt hatte.

Ich schaute mich nach Nitzan um und sah auf die Uhr: Es war kurz nach zwei, das Knallen der Sektkorken um Mitternacht schien Stunden her zu sein. Ich ging zu Nitzan auf die Tanzfläche. Wir tanzten unter einem Lautsprecher, schwindlig vor lauter Alkohol und Zigarettenqualm, bis die Musik und die farbigen Laserstrahlen unerträglich wurden. Ich bin nicht sicher, wie lange wir letztlich geblieben sind, aber ich erinnere mich, dass ich mich beim Gehen bei ihr einhakte.

Nitzan fuhr schnell. Der Wagen geriet ab und zu auf die Gegenfahrbahn, schwenkte auf das wütende Hupen anderer Fahrer hin aber immer wieder auf die eigene Spur zurück. Ich war wie ein Stein der Länge nach auf die Rückbank gefallen. Mein Körper versank in den Polstern, und meine Schläfen pochten noch immer im Takt der Partyklänge. Ich war viel zu schlapp, um Nitzan an meine Warnung zu erinnern, sich beim Alkohol zurückzuhalten. Ich schloss die Augen und versuchte, einzuschlafen.

Ich musste an die Feiern zum Unabhängigkeitstag vor zwei Jahren denken. Wenn ich mich recht erinnere, hatte Nitzan auch damals versprochen, es mit dem Trinken nicht zu übertreiben. Wir standen mit unseren Biergläsern in der Hand auf dem Rasen im Davidoff-Park und sahen dem Tanz zu, den Jugendliche vom städtischen Gemeindezentrum dort aufführten. Als ich gerade meinen Arm um Nitzan legen wollte, spürte ich eine Bewegung am Saum meines Hemdes. Ich drehte mich um und sah eine kleine, offenbar hochschwangere Frau, die die Hand schon an der Gesäßtasche meiner Jeans hatte und kurz davor war, mein Portemonnaie herauszuziehen. Sie zog die Hand sofort wieder weg und ging, ohne den Blick von mir zu lösen, langsam ein paar Schritte rückwärts. Nitzan machte mich auf einen Mann neben ihr aufmerksam, der die Frau beim Zurückweichen mehrmals kurz am Gürtel zerrte. Schnell waren die beiden in der Menge verschwunden.

Beim Verlassen des Parks machten wir kurz halt, um Zuckeräpfel zu kaufen. Sie waren steinhart, aber süß, und obwohl mir der Fruchtbrei und der Zucker am Gaumen klebten und dort spitze Klümpchen bildeten, aß ich klaglos weiter. Nitzan meinte, die Frau hätte sicher ein anderes Opfer gefunden. Sie hatte vermutlich recht, aber wirklich getröstet fühlte ich mich erst am nächsten Morgen, als ich Nitzan an der Busstation begegnete.

Ich erkannte den verkniffenen Gesichtsausdruck wieder. »Die Äpfel?«, fragte ich.

Sie nickte, stöhnte ein »Ja« hervor und nahm die Tasche vom Nebensitz, um mir Platz zu machen.

»Mir geht es genauso«, sagte ich und dachte im Stillen darüber nach, wie uns der Unabhängigkeitstag nun beide am nächsten Morgen mit Zahnschmerzen quälte.

Gegen Mittag weckte mich Scharihans Stimme. »Schon elf Uhr.«

Ich schlug unwillig die Augen auf.

Sie lächelte. Ich hätte beinahe »Was machst du denn hier?« gesagt, aber angesichts der peinlichen Figur, die ich in der Nacht zuvor abgegeben hatte, fürchtete ich, es könnte undankbar klingen. »Mir dröhnt der Kopf«, seufzte ich. Erleichtert nahm ich wahr, dass Mutter das Radio im Wohnzimmer eingeschaltet hatte, sodass man unser Gespräch draußen nicht hören konnte.

»Du hast gestern schrecklich ausgesehen«, sagte sie und streckte die Hand nach meinem Gesicht aus, zuckte aber gleich wieder zurück, als hätte sie sich verbrannt. »Also bist du jetzt wach, oder was? Wir werden nicht den ganzen Tag bleiben.«

»Wir?«

»Ich bin mit meiner Mutter hier. Frag nicht, sie musste unbedingt das Fotoalbum von der Feier mitschleppen.«

Ich sah sie an und wanderte in Gedanken zu dem weißen Kleid, das ich vor zwei Wochen auf ihrem Bett liegen gesehen hatte. Ich hatte bei ihnen in dem schmalen Flur zur Küche gestanden und gewartet, dass Said mit dem Anziehen fertig wurde. Scharihans Zimmertür stand offen, und ich wusste, dass sie zu dieser Zeit kaum zu Hause sein würde. Das Kleid war der Länge nach auf dem Bett ausgebreitet, die Ärmel fielen über die Ränder der Matratze, und man sah deutlich, dass es erst kürzlich abgestreift worden war. So, wie es dalag, mit seinem ausfächernden Rock, konnte man denken, es würde auf der ruhigen Oberfläche eines Sees schwimmen. Ich nahm mir vor, Scharihan das berühmte Bild von Ophelia zu zeigen. Einen Moment lang hatte ich überlegt, ob Zeit genug war, hineinzugehen und das Kleid zu berühren, bevor Said aus seinem Zimmer käme.

»Und wo ist …?«

»Mein Verlobter?«

Ich nickte. Monatelange abstrakte Angst gewann mit einem Wort Realität.

»Er ist nicht da«, sagte sie und legte den Kopf zur

Seite, im Bewusstsein des tröstlichen Aspekts ihrer Antwort. »Er ist heute Morgen nach Be'er Scheva gefahren. Er holt uns nach dem Mittag hier ab.«

Ich richtete mich voller Unruhe auf und stieg aus dem Bett, immer noch verwirrt über ihre Anwesenheit. Seit einem Monat hatten wir uns nicht mehr allein getroffen. Die Mutter ihres zukünftigen Bräutigams hatte gesagt, es sei undenkbar, dass ihre Schwiegertochter so viel Zeit mit einem jungen Mann verbringen würde, dessen Absichten ihr gegenüber unklar seien.

»Unklar?!«, hatte ich Scharihan damals angeschrien. »Sie waren doch klar genug, für mich genauso wie für dich.«

Seitdem hatten wir uns nicht mehr gesehen, bis zum gestrigen Tag, als mich Nitzan halb ohnmächtig nach Hause geschleppt hatte.

Nitzan hatte den Wagen vor unserer Tür geparkt und gesagt, sie würde mir ins Haus helfen. Ich wollte protestieren und ihr sagen, dass ich keine Hilfe bräuchte, aber die Worte verknäulten und verzerrten sich in meinem Mund. Es war das Lallen eines Betrunkenen. Ich verstummte und ließ mir von ihr aus dem Auto helfen. Nitzan begleitete mich zur Tür, ich lehnte meinen Kopf an ihre Schulter und hörte sie plötzlich sagen: »Scharihan?«

Ich hob erschrocken den Kopf und sah Scharihan auf der Schwelle stehen, ein Schlüsselbund in der

Hand. »Ich muss zurück«, sagte sie sofort, »keiner weiß, dass ich weggegangen bin. Ich wollte dir nur ein gutes neues Jahr wünschen.«

»Ein gutes neues Jahr?« Ich spürte die Wärme aus meinem Körper weichen. Ich freute mich dermaßen, sie zu sehen, dass ich nicht recht wusste, ob sie real war oder eine Erscheinung, die mir mein Wunschdenken und meine Trunkenheit vorgaukelten.

Nitzan bat sie, mit ins Haus zu kommen. Wir schlichen auf Zehenspitzen an Mutters Zimmer vorbei. Ich konnte nicht viel sagen und fand mich kurz darauf vor der Spüle in der Küche wieder, wo mir Nitzan mit eiskalten Händen das Gesicht abspülte. Ich hob mein nasses Gesicht zu Scharihan und sagte: »Er hat sich geirrt.«

»Was?« Scharihan sah mich verwirrt an.

In dem Moment kam mir in den Sinn, wie sehr Vater in Rage geraten wäre, wenn er mich jetzt so gesehen hätte, frühmorgens mit Nitzan und Scharihan in der Küche. »Ich sage, dass er sich geirrt hat. Die Süßen haben es genauso in sich«, hätte ich beinah herausgeprustet, konnte es mir aber gerade noch verkneifen.

»Ich hoffe, er kommt heil zurück«, sagte ich und ließ den Blick über die zerwühlten Decken und Laken am Fußende meines Bettes schweifen. Wie sie so träge von der Matratze flossen, hatten sie etwas Entblößendes und Peinliches, ein chaotisches Sinnbild der Schwäche. »Was machst du hier?«, wollte ich erneut fragen, zog stattdessen jedoch ein Handtuch aus der Schublade und bat sie, zu warten, bis ich mir das Gesicht gewaschen hätte.

Anschließend gingen wir nach draußen, vors Haus, wo man uns von allen Nachbarbalkonen aus sehen konnte.

»Wie lebt es sich denn so als Verlobte?«, fragte ich, als wir uns auf die Schwelle gesetzt hatten.

»Im Prinzip genauso wie als Ledige«, erwiderte sie. »Nur dass ich heute ein überzeugendes Motiv habe, keinen Uni-Abschluss zu machen.«

»Eins zu null für dich«, sagte ich ungehalten. »Einen triftigeren Grund für einen Studienabbruch habe ich in der Tat noch nicht gefunden.«

»Aber Gründe, dich volllaufen zu lassen, schon.«

»Wer könnte das besser nachvollziehen als du«, schnauzte ich.

Sie wandte den Blick ab. »Schade, dass du nicht zu meiner Verlobungsfeier gekommen bist«, sagte sie.

Das Radio aus dem Wohnzimmer war auch hier draußen noch zu hören, es war eine Sendung der *Stimme Israels*. »Meine Mutter hört gern die hebräischen Nachrichten«, sagte ich.

»Wir erinnern uns auch an die Synagoge, die in Newe Dekalim in Brand gesetzt wurde«, deklamierte die Sprecherin feierlich.

»Soll heißen, die Palästinenser haben keine Achtung vor heiligen Stätten«, sagte Scharihan, und als sich unsere Blicke kreuzten, wussten wir, dass wir beide das Gleiche fühlten. »Wer hätte geglaubt, dass es bloß eine abgebrannte Synagoge in Gusch Katif braucht, um das israelische Moralempfinden auf den Plan zu rufen?«

Ich hatte das Gefühl, sie direkt ansehen zu können, ohne dass irgendein Beobachter das anzüglich gefunden hätte. »Das sollte mal jemand den Ehrenamtlichen von *Jesch Gvul* sagen, diesen gutherzigen Aktivisten, die den Soldaten helfen, außerhalb der Landesgrenzen den Wehrdienst zu verweigern.«

»Mach keine Witze«, sagte sie und klopfte mir unverhofft auf die Schulter. »Brennende Moscheen würden doch nie im Leben solche Schlagzeilen machen.«

Genau eine Woche war seit ihrer Verlobung vergangen. Bald würde sie heiraten, dieses fließende weiße Kleid anziehen. Und wir würden uns kaum noch auf diese Weise treffen können.

»... bis sie uns alles zurückgeben, was sie uns genommen haben.«

Ich blickte hoch und stellte fest, dass ich nur die Hälfte von dem mitgekriegt hatte, was sie gerade gesagt hatte.

»Uns?«, fragte ich, und bei diesem Wort rutschte mir das Herz in die Hose.

Sie merkte, dass ich unkonzentriert war. »Was ist denn?«, fragte sie nach kurzem Schweigen.

»Ich habe dich verloren.«

»Hast du mir überhaupt zugehört?«

»Nein.«

Das Tonsignal aus dem Radio signalisierte das Ende der Nachrichten, und die Mittagssonne gewann zunehmend an Kraft. Wieder verfielen wir in Schweigen. Wegen der Wärme fasste Scharihan ihr Haar mit einer Spange zusammen, und einen Moment dachte ich, sie würde ihren Kopf an meine Schulter lehnen. Wie wenig all das bedeutete, was wir uns in der Vergangenheit gesagt hatten, angesichts dessen, was heute daraus geworden war.

»Komm, lass uns reingehen«, sagte ich und schirmte mit einer Hand mein Gesicht ab.

Scharihan stand nicht auf. »Schon in Ordnung, er wird mich ja demnächst hier abholen.«

»Trotzdem«, versuchte ich, »komm rein, bis dahin trinken wir noch was.«

Aber sie blieb unverändert auf der Schwelle sitzen. »Geh du rein«, sagte sie, ohne sich nach mir umzudrehen. »Ich warte draußen.«

Um sieben Uhr abends war der Platz vor dem Festsaal vollkommen mit Autos zugestellt. Wenn Said und seine Mutter nicht auf den Eingangsstufen gestanden hätten, um ein paar bevorzugte Gäste einzuwinken, hätten wir vermutlich in einem anderen Viertel parken müssen.

Um uns herum waren die meisten Tische besetzt. Über einigen hingen schwere Kronleuchter mit silbernem Gestänge. Samaher und ich hielten Ausschau nach bekannten Gesichtern, aber vergebens. Der DJ, der, seit wir hier waren, zum zweiten Mal dasselbe Lied von Fairuz auflegte, verkündete in scherzhaftem Ton: »Das ist für die Mutter der Braut.«

Eine Kellnerin stellte hohe Gläser vor uns hin und füllte sie mit Sekt. Ich trank mein Glas in einem Zug aus und öffnete den obersten Hemdknopf. Said, der uns an den Tisch geführt hatte, schien die Nähe zu Samaher zu verwirren. Er verzog sich nach draußen, um eine zu rauchen. Hätte ich nicht Mutters Missbilligung gefürchtet, wäre ich mitgegangen.

»Ich versteh's nicht.« Samaher beugte sich zu mir herüber, um mir den offenen Knopf wieder zu schließen. »Wo haben sie denn diesen Ehemann für sie aufgegabelt?«

»Das war arrangiert«, antwortete Mutter. »Die beiden Elternpaare kennen sich eine halbe Ewigkeit, aber soviel ich weiß, wurde die Hochzeit erst vor ein paar Monaten beschlossen.«

Samaher sah mich prüfend an. »Schade«, sagte sie. »Sie war so schön.«

Ich versuchte, mir ihr zuliebe ein Lächeln abzuringen. Ich war nervös und fühlte mich eingezwängt in meinem Hemd. Erst Samaher und nun auch noch Scharihan. Welche Frau würde als Nächste meinem Schweigen zum Opfer fallen?

Ich starrte in Richtung Eingang: Noch immer war nichts von ihr zu sehen.

Mutter schaute auf die Uhr. »Braut und Bräutigam müssten gleich eintreffen, dann könnt ihr ihn aus nächster Nähe in Augenschein nehmen.«

Zum Glück wurde die Musik zusehends lauter, und Mutter fiel es schwer, sie zu übertönen. Die Tanzfläche lockte immer mehr Gäste von ihren Tischen, und ich nutzte die Gelegenheit, um aufzustehen.

Said, der das gesehen hatte, rief mich zu sich an einen der hinteren Tische.

»Ich war nicht sicher, ob du kommen würdest«, sagte er und klopfte mir auf die Schulter.

Ich nickte und griff mir eine Flasche vom Nebentisch. »Was machst du denn hier hinten, fernab vom Geschehen?«

»Vor allem das Essen probieren«, sagte er und deutete mit dem Kopf auf den langen Tisch zu seiner Rechten. »Hast du das Buffet gesehen?«

»Das Essen ist ausgezeichnet«, stimmte Samaher zu, die mir gefolgt war. »Ich muss schon zugeben, was die Catering-Firma angeht, haben deine Eltern die richtige Wahl getroffen.«

Ich sah sie verblüfft an.

»*Mabruk* – herzlichen Glückwunsch«, fügte sie hinzu und lächelte breit.

Said richtete den Blick wieder auf die Tänzer in der Saalmitte. »Die Musik hat ausgesetzt«, sagte er.

Die Gäste, die gerade noch getanzt hatten, tuschelten aufgeregt miteinander und sahen sich vielsagend lächelnd um.

»Sie kommen«, sagte Said und strich sich die Hemdärmel glatt.

»Scharihan und ihr Bräutigam?« Samaher stellte behutsam ihr Glas auf den Tisch. »Ist es nicht noch zu früh dafür?«

Beide sahen mich an, und ich hatte Mühe, nicht die Fassung zu verlieren. Der DJ forderte die Gäste auf, dem Paar Platz zu machen, und brüllte die Namen des Brautpaares durch den Raum wie ein Auktionator bei einer öffentlichen Versteigerung. Das Publikum wich rasch nach beiden Seiten aus und machte die Tanzfläche frei für die Ehrengäste. Wir gingen zu ihnen, um besser sehen zu können.

Braut und Bräutigam erschienen Arm in Arm und schritten langsam auf die Mitte der Tanzfläche zu. Aus allen Richtungen wurden sie mit Beifall, Pfiffen und Segenswünschen bedacht.

Er war größer als sie, im Gegensatz zu mir, und unter dem schwarzen Jackett zeichneten sich die breiten, kräftigen Schultern eines Mannes ab, der weiß, was er tut. Scharihan schritt neben ihm her, die Schleppe des Kleides folgte ihr wie ein Wolkenbruch, in der Hand hielt sie einen Strauß langstieliger Callas.

Als die Gäste das Paar umringten, wurde Said mit in den Kreis gezogen. Im nächsten Augenblick hatte man ein kleines Podest mit zwei Stühlen aufgestellt, und alle ermunterten das Paar, auf ihnen Platz zu nehmen. Zwei Gruppen lärmender Männer stemmten Braut und Bräutigam mitsamt Stühlen in die Höhe und umrundeten mit ihnen den Saal wie bei einem Beutezug.

Als der DJ aufgefordert wurde, wieder Musik aufzulegen, bat er darum, die Braut zu ihm zu bringen. »Ehe ihr weitertanzt«, sagte er, »soll die Braut entscheiden, was wir jetzt hören.«

Die Männer trugen Scharihan auf ihrem hohen Sitz zu ihm, als wäre sie eine Fackel, und er musste auf einen Stuhl klettern, um mit ihr auf gleicher Höhe zu sein. Angesichts des erwartungsvoll verstummten Saales war Scharihan vollkommen verlegen.

»Also, was sagst du, Scharihan? Was sollen wir jetzt hören?«

Scharihan zuckte hilflos mit den Achseln.

Aber der DJ gab nicht auf. »Vielleicht sagst du uns einfach, was das Lieblingslied von deinem Mann ist?«

»Ich weiß nicht«, hauchte sie ins Mikrofon, knallrot im Gesicht.

Sie senkte beschämt den Kopf in Richtung der Gäste und ich hatte das Gefühl, sie würde mich direkt ansehen. Ich drückte Samaher mein Getränk in die Hand und rannte beinahe auf den Ausgang zu. Aus den Augenwinkeln sah ich, wie Mutter meinen Abgang verfolgte.

Auf dem Parkplatz empfing mich der unerträgliche Gestank von Abgasen. Trotzdem war ich erleichtert, nicht mehr im Saal zu sein. Ich hockte mich auf den Asphalt und hob einen trockenen Zweig auf, der zwischen die Räder gerollt war. Ein großer Ölfleck machte sich unter einem der Wagen breit wie eine schwarze Molluske. Ich nahm den Zweig und malte in den Fleck den arabischen Buchstaben *Alif*, mit einer glänzenden Ölschleppe: أ. Ich tastete mit der anderen Hand nach meiner Hosentasche und stellte fest, dass mein Notizbuch zu Hause geblieben war. Ich stand auf, klopfte mir die Hände ab und verließ endlich den Parkplatz. Ich ging hinüber zur Mole, die nur wenige Schritte entfernt war, und kehrte dem Meer den Rücken zu. Für die späte Stunde war es noch ziemlich hell. In meiner Fantasie malte ich mir aus, wie Scharihan beim Verlassen des Saals auf den schwarzen Buchstaben treten würde, wie sich die Öltropfen wie ein Heuschreckenschwarm auf ihrem Brautschleier ausbreiteten und den ganzen Saum schwarz und hässlich werden ließen.

Sie hatte so seltsam ausgesehen in ihrem weißen Kleid. Wie ein wundervolles Gemälde, das zum Leben erwacht war, hypnotisierend und erschreckend zugleich. Mutter war erstarrt vor Peinlichkeit, als sie mich aus dem Saal flüchten sah. Ich hatte Scharihan noch nicht mal *Mabruk* gesagt. Jetzt war ich froh, es nicht getan zu haben.

Die alte Uhr im Wohnzimmer schlug neunmal, als ich nach Hause kam. Aller Voraussicht nach würde ich das Haus noch mindestens zwei Stunden für mich haben. Ich sank aufs Bett und durchstöberte mein Notizbuch nach Aufzeichnungen zu der Ehe, die Vater ursprünglich für Samaher arrangieren wollte. Ich erinnerte mich, dass ich dazu eine Menge aufgeschrieben hatte, und empfand es nun als Versäumnis, das nicht auch an Scharihans Hochzeitsabend getan zu haben.

Mutter musste an jenem Morgen früher als sonst aufgestanden sein, denn als ich, immer noch etwas benommen, aus einem unruhigen Schlaf erwachte, hörte ich sie an Samahers Bett murmeln. Es klang wie eine Batterie von Fragen. Dem plötzlichen Knarren ihres Bettgestells konnte ich entnehmen, dass Samaher mit einem Ruck aufgestanden war, und das Ächzen der Schubladen, die mit derber Hand auf- und zugeschoben wurden, ließ darauf schließen, dass sie sich ebenso hastig anzog. »Trinken wir denn keinen Kaffee?«, hörte ich sie fragen, worauf Mutter flüsterte, sie solle aufpassen, dass sie mich nicht weckte. Ein paar Minuten lang blieb es still. Dann roch ich den Duft des Weichspülers, mit dem Mutter ihre Schleier wäscht. Sie beugte sich über mich, um sich zu vergewissern, dass ich noch schlief.

Ich wartete, bis unten die Haustür ins Schloss fiel, und sah auf die Uhr. Nach meinem Empfinden hatte ich keine drei Stunden geschlafen. Ich blieb noch eine Weile mit offenen Augen im Bett liegen und überschlug meine Chancen, wieder einzuschlafen. Der

Gedanke deprimierte mich, und ich stieß frustriert die Decke weg. Ich fühlte mich schlapp und schwindlig vor Müdigkeit und war froh, an diesem Tag keinen Unterricht zu haben. An Samahers Bett betrachtete ich die zerwühlten Laken, griff nach ihrem Kissen und atmete den säuerlichen Geruch frischen Schweißes.

Aus der Küche war das Geräusch einer brutzelnden Pfanne und eines brodelnden Wasserkochers zu hören. Vater stand am Herd und war dabei, sich Eier zu braten. Einen Augenblick zögernd, starrten wir uns an. Schließlich quetschte ich ein »Guten Morgen« hervor, das Vater mit einem sonoren Brummen und einem Nicken erwiderte. Ich wandte sofort den Blick ab und setzte mich an den Tisch. Vater fragte mich, ob ich heute nicht zur Schule müsse, obwohl er ziemlich genau wusste, dass ich donnerstags freihatte. Ich schüttelte den Kopf und war verlegen, weil mir kein weiterer Redebeitrag einfiel. Vater ließ den Blick auf mir ruhen, als würde er auf eine Gegenfrage warten, und wandte sich dann wieder der Pfanne zu. Er trug sein Arbeitshemd mit den Farbklecksen und den Kalklümpchen, die an den Fasern klebten. Als er sich zum Essen mir gegenüber an den Tisch setzte, überlegte ich, ob ich aufstehen und wieder auf mein Zimmer gehen oder bei ihm bleiben sollte, bis er mit dem Frühstück fertig war und zur Arbeit aufbrach. Beim Hinsetzen stöhnte er, klagte laut über seine Rückenschmerzen und fügte dann hinzu: »Iss was.«

Wieder schüttelte ich den Kopf.

Mutter sagte immer, sie sei noch nie einem Menschen begegnet, der so schweigsam sein konnte wie ihr Ehemann. Jeden Abend nach seiner Koranlektüre saß Vater in seinem Sessel und verfiel in ein seltsames, majestätisches Schweigen. Er saß da wie ein unbeweglicher Felsblock. Ich hatte mir oft gewünscht, er würde schreien, würde mich anbrüllen, bis ihm die Kehle wehtat, einen Aschenbecher oder eine Vase vom Tisch nehmen und sie an die Wand schleudern. Aber eine eigenartige Verlegenheit um Worte stand immer zwischen uns. Meinerseits war es eine unerklärliche Scham, was es bei ihm war, weiß ich nicht. Ganze Tage vergingen, ohne dass wir auch nur ein Wort gewechselt hätten. Wir beschränkten unseren Kontakt auf einen Blickwechsel, wenn mir morgens das Haus verließen, uns vor dem Fernseher trafen oder per Zufall an der Kühlschranktür.

Doch die allgemeine Aufregung darüber, dass möglicherweise Samahers Verlobung ins Haus stand, hatte auch Vater ergriffen, denn an jenem Morgen war er entschlossen, ein Gespräch mit mir anzuknüpfen.

»Sind deine Schwester und deine Mutter schon weg?«, fragte er.

»Ja«, gähnte ich. »Seit ein paar Minuten.«

»Das ist bereits die fünfte Wohnung, die deine Schwester sich ansieht«, sagte er und riss ein Stück von seiner Brotscheibe ab. »Riad wird langsam ungeduldig. Von ihm aus hätten sie gleich die erste nehmen können.«

Ich erwiderte nichts.

»Als wir gestern telefoniert haben, sagte er, sie hätten sich auf diese Wohnung geeinigt, aber Samaher behauptet noch immer, die Decke sei zu niedrig. So ist das mit den Frauen in deiner Familie, sie sind nie zufrieden.«

Ich nickte lächelnd, obwohl es mir in der Seele wehtat, Samaher so in den Rücken zu fallen. »Dann sollten sie vielleicht wirklich noch weitersuchen«, sagte ich einlenkend.

»Das bringt doch nichts.« Vater häufte Rühreibröckchen auf seine Brotscheibe. »Wie gesagt, sie hat sich schon vier Wohnungen angeguckt. Die erste hatte nicht genug Fenster, die zweite hatte zu viele Fenster, die dritte ... Gott weiß, was daran nicht passte. Ich komm gar nicht mehr mit.«

»Der geplante Verlobungstermin rückt jedenfalls näher.«

»Deshalb bestehen deine Mutter und ich auch darauf, dass sie die Wohnung nehmen, die sie sich heute anschauen.«

Ich trommelte mit den Fingern auf den Tisch. »Und was, wenn es doch ein Problem mit dieser Wohnung gibt?«

»Dann sollen sie damit leben. Der Eigentümer fährt morgen weg, auf Urlaub, irgendwo in den Norden. Sie müssen heute den Vertrag abschließen, sonst vergibt er sie an jemand anderen. Fertig, sie haben keine andere Wahl.«

»Es sei denn, Samaher bleibt hier«, sagte ich und verspürte einen Stich im Bauch.

»Prima«, presste Vater mit schiefem Lächeln hervor, und einen Moment fürchtete ich, er hätte meinen Worten mehr entnommen, als ich beabsichtigt hatte. »Das hätte uns gerade noch gefehlt, dass deine Schwester uns das antut.«

Ich senkte den Blick zum Tisch und registrierte, dass er Samaher schon dreimal »deine Schwester« genannt hatte, als hätte er selbst ihr gegenüber keinerlei Verpflichtungen mehr. Mir stieg die Hitze ins Gesicht, und ich wusste nicht, ob ich noch länger Lust auf dieses Gespräch hatte.

»Irgendwann muss sie ja heiraten, weißt du.« Vater stand auf und stellte seinen Teller in die Spüle. Ein leiser Geruch von Sägespänen erfüllte die Luft, als er sich bückte, um seine Schuhe zu schnüren. »Ich gehe«, sagte er und sah mich wieder an. Ich begriff, dass er eine Antwort erwartete.

»Ich bleib heute zu Hause«, sagte ich und rekelte mich auf meinem Stuhl. »In meinem Zimmer. Ich muss was schreiben.«

Es ist zwei Uhr morgens, und draußen herrscht Jaffaer Winterstille. Die Straßenlaternen werfen ihr Licht auf die Bürgersteige, wo ein paar lose Pflastersteine unregelmäßig aufgereiht liegen. Bald kommt die Frau mit ihrer Schüssel aus dem Haus am Ende des Viertels, um die Straßenkatzen zu füttern. Bevor der neue Tag zu Ende geht und die nächste Nacht anbricht, wird sie mindestens noch zweimal herauskommen. Wenn diese Nacht nicht so dunstig wäre, könnte man die Katzen wie üblich dabei beobachten, wie sie um ihr Haus herumstreichen: Einige kratzen mit ihren Krallen unten an der Tür, andere hängen sich an die Fenstergitter oder lagern grüppchenweise auf dem Dach.

Vor einiger Zeit hat man unsere kleine Straße frisch gepflastert und dabei auch neue Straßenlaternen aufgestellt. Aus irgendeinem Grund sind dabei die alten an Ort und Stelle verblieben. Im Rahmen der Sanierungsarbeiten, die über ein Jahr gedauert haben, hat man außerdem die Wasser- und Stromleitungen ausgewechselt und am Straßenrand niedrige Bäumchen gepflanzt. Obwohl das hier, damals wie heute, keine typische Jaffaer Straße ist, zeigen die jüngsten Veränderungen dennoch, dass in der Stadt endlich etwas getan wird.

Vor ein paar Stunden bin ich mit Said durch eine der Seitenstraßen geschlendert, die von der Jefetstraße zum Meer führen. Dort ist kürzlich ein dreistöckiges Gebäude entstanden. An der Front des Hauses, die auf den Strand blickt, sind breite Fenster eingelassen worden, durch die man an klaren Tagen in die Wohnungen sehen kann.

Said hatte versucht, mit mir über Scharihan zu reden, aber als er merkte, dass ich seinen Fragen auswich, lenkte er meine Aufmerksamkeit auf einen Zaun, der die Straße vor uns versperrte. Dahinter wurde anscheinend noch ein neues Wohnhaus gebaut. Wir ließen unsere Blicke an dem Rohbau entlang in die Höhe schweifen. Aus den vier Stockwerken starrten uns die rechteckigen Fensterhöhlen an wie Augen. Oben, aus dem offenen Schädeldach, wucherte, wie eine wilde Haarmähne, ein großer Wust von Gerüsten und spitzen Holzlatten hervor.

Wer bis hierher vorgedrungen war, musste notgedrungen ans andere Ende zurück, denn aus der Straße war eine Sackgasse geworden. Vermutlich sahen wir aus wie zwei verirrte Touristen: Wir blickten uns irritiert um und liefen ein Stück auf und ab, um sicherzugehen, dass wir uns nicht im Weg geirrt hatten.

Auf Umwegen erreichten wir schließlich den Andromeda-Hügel. Ein uniformierter Wachmann stand am Tor und kontrollierte die Wagen, die in die Tiefgarage fuhren. Als die Wohnanlage noch im Bau war, hatte es geheißen, Spaziergänger würden freien Durchgang zum Meer erhalten, auch solche, die nicht hier wohnten. Aber jetzt, da die Bauarbeiten seit Jahren abgeschlossen und die Apartments bezogen sind, ist noch immer alles ringsum abgesperrt, man schottet sich ab und lässt die übrige Welt außen vor.

»Sag mal«, begann Said nach längerem Schweigen, »warum, meinst du, ziehen die hierher?«

»Was meinst du damit?«, fragte ich irritiert.

Er wiegte den Kopf. »Diese Leute, die in das Haus neben euch gezogen sind, zum Beispiel«, sagte er.

»Was ist mit denen?«

»Du hast doch gesagt, du wärst nicht sicher, ob sie wissen, wie du heißt, erinnerst du dich?«

»Stimmt«, bestätigte ich. »Und sie wohnen schon ein paar Jahre neben uns.«

»Wie viele Jaffaer Viertel kennst du, in denen solche Zustände herrschen?«

»Ah, ich verstehe, worauf du hinauswillst.«

»Sie ziehen nach Jaffa«, Said hob die Stimme, »aber sobald sie dann hier sind, wollen sie nicht wissen, wie du heißt.«

Auf einer der Querstraßen gingen wir zurück zur Jerusalem-Allee. Unterwegs kamen wir an einer schwarz verschleierten Bettlerin vorbei, die am Bordsteinrand saß, ein halb gegessenes Brot zwischen den Knien.

Said begleitete mich bis zur Haustür und ging dann die paar Schritte bis zu sich. Bevor ich den Hausflur betrat, schickte ich einen verstohlenen Blick zum Balkon an der Wohnung seiner Eltern. Es war alles dunkel.

Inzwischen bemühte ich mich seit Stunden darum, einzuschlafen, aber immer wieder gingen mir Saids Worte durch den Kopf. Wieder und wieder sah ich hinaus auf die Straße und ärgerte mich über jeden weiteren Lichtstreifen des aufziehenden Morgens, der vor dem Fenster die Dunkelheit durchbrach. Wäre es nicht mitten in der Nacht gewesen, ich hätte Scharihan angerufen. Ich wollte ihr unbedingt von der Reisegruppe erzählen, die ich letzte Woche während der »Jaffa-Schlemmerwoche« gesehen hatte. Sie standen an der Kreuzung vor der alten Bahnstation nahe dem Strand. Ein junger Fremdenführer mit Megafon erklärte ihnen gerade, dass Jaffa der Legende nach von Noahs Sohn Jafet erbaut worden sei, also schon zu Zeiten der Sintflut. Nach einer anderen Version, fuhr er fort, werde das Wort Jaffa mit Kassiopeia, der Mutter Andromedas, in Verbindung gebracht.

Wer die Kreuzung überqueren wollte, musste sich durch die Gruppe schlängeln, die sich wieder und wieder teilte, um den Weg freizugeben. Auch ich drängelte mittendurch, obwohl ich sie leicht hätte umgehen können.

Ein paar Minuten bevor die Wohnzimmeruhr sieben schlug, hörte ich Schritte unter meinem Fenster. Ich schaute hinaus und sah unseren neuen Nachbarn allein aus dem Haus kommen. Er lud ein paar Tüten in sein Auto, lehnte sich dann an die Tür und rauchte mit geschlossenen Augen eine Zigarette. Ich riss das Fenster sperrangelweit auf. Der Aufschlag des Holzes an der Wand hatte ihn wohl erschreckt. Er blickte mich überrascht an, warf den Zigarettenstummel zu Boden und trat ihn aus. »Guten Morgen«, sagte er nickend.

»Einen schönen guten Morgen«, erwiderte ich. »Sehr angenehm. Ich bin der Grund, warum Sie nach Jaffa gezogen sind.«

Er hustete und bückte sich zu seinem Auto, eine Hand auf der Brust.

Ich schloss das Fenster und ging wieder ins Bett.

Kassiopeia. Ich muss Scharihan irgendwann davon erzählen.

Nitzan schloss die Augen, murmelte leise ein oder zwei Worte und blies die Kerze auf dem Kuchen aus. »Bist du fertig?«, fragte sie und sah zur Uhr. »Ich muss zur Arbeit.«

»Geburtstag auf dem Bierfestival«, lachte ich hämisch. »Genau das Richtige für eine Partylöwin wie dich.«

»Was soll man machen.« Sie deutete auf ihr Hemd mit dem aufgedruckten Logo des Wachdienstes. »Einige von uns haben halt einen echten Job, einen, mit dem man sein Brot verdient«, sagte sie mit einem Blick auf mein Notizbuch, das aufgeschlagen auf dem Bett lag.

Seit Scharihans Verlobung waren Nitzans Besuche häufiger geworden. Anfangs war sie nur samstagabends gekommen, um die letzten Stunden vor meiner Rückfahrt nach Jerusalem mit mir zu verbringen. Ich freute mich, dass sie da war, und redete nicht von Scharihan. Als ich letzten Donnerstagmittag nach

Jaffa zurückkam, wartete sie in ihrem Auto vor der Haustür. »Ich kann nicht glauben, dass du's vergessen hast.«

»Hab's nicht vergessen«, sagte ich und stellte den Rucksack vor der Tür ab. »Ich geh rein, zum Duschen. Komm heute Abend, dann feiern wir.«

Sie startete den Wagen.

»Nitzan«, rief ich. »Herzlichen Glückwunsch zum Geburtstag.«

Wir probierten schnell ein Stückchen Kuchen und brachen dann hastig auf.

»So viele Menschen kommen wegen des Biers hierhergefahren?«, rutschte mir angesichts der Wagenkolonne vor uns heraus.

»Beklag du dich mal nicht«, Nitzan sah mich an. »Ich muss schließlich meinen Geburtstag hier verbringen.«

»Was mich erneut zu der Frage veranlasst, warum du gerade heute die Abendschicht übernehmen musstest.«

Nitzan seufzte niedergeschlagen und machte eine Geste des Geldzählens.

Vor dem Nobelwohnprojekt Jaffa-Höfe in der Jerusalem-Allee kam der Verkehr zum Erliegen.

»Da wir gerade vom Geld reden …« Ich deutete mit dem Zeigefinger aus dem Fenster.

»So schön ist es hier«, sagte sie, die Augen auf die rauen Backsteinmauern gerichtet. »Guck mal, da ganz oben gibt es eine Wohnung mit Dachterrasse und Swimmingpool.«

Ich nickte, ohne hinzusehen.

»Aber ich verstehe nicht«, fuhr sie fort, »wieso hier nicht jeder Quadratzentimeter besetzt ist. Seit einem Jahr fahre ich auf meinem Arbeitsweg hier vorbei, und das Schild ›Wohnungen zu verkaufen‹ hängt immer noch da.«

Ich sah sie lächelnd an und wiederholte die Geste des Geldzählens.

»So teuer?«

»Sagen wir mal so: Hier wohnen nicht viele Wachleute …«

»Da bin ich sicher.« Sie lachte laut auf. »Aber irgendwas sagt mir, dass du hier auch nicht übermäßig viele Literaturstudenten antreffen wirst.«

Der Verkehr setzte sich langsam wieder in Bewegung. Mein Blick fiel auf die Pistole an Nitzans Hüfte, und mir kam der Gedanke, dass ihr die Militäruniform viel besser gestanden hatte.

»Hast du die schon mal eingesetzt?«, fragte ich. »Die Pistole.«

»Natürlich nicht«, antwortete sie. »Ich sichere Veranstaltungen, zum Mindestlohn. Ich glaube kaum, dass ich jemals die Gelegenheit haben werde.«

Ich starrte weiter auf die Pistole. Die Formulierung »die Gelegenheit haben« jagte mir einen Schauer über den Rücken. Sie schien einen unterschwelligen Wunsch zu beinhalten. Ich überlegte im

Stillen, ob ich sie wohl überreden konnte, mich die Pistole mal ausprobieren zu lassen, und malte mir aus, wie mein Finger sich um den stählernen schwarzen Halbmond des Abzugs krümmte. »Dann bist du also bloß eine von diesen Nervensägen, die am Eingang zur Bibliothek unbedingt meine Tasche durchwühlen wollen.«

»In einer Bibliothek wirst du mich in keiner Eigenschaft antreffen. Bei solchen Festivals geht die Zeit viel schneller rum.« Wir näherten uns dem Ende der Allee. »Ich hab schon gestern dort Wache geschoben, es kommen massenhaft Leute. Allerdings muss man bei den Problemfällen aufpassen.«

»Problemfälle?«

»Sie haben uns beigebracht, dass es Typen gibt, die man im Auge behalten muss.« Nitzan hielt den Blick auf die Fahrbahn gerichtet. »Man muss schnell entscheiden. Also geht man nach dem Äußeren. Wenn sie eine etwas dunklere Haut- und Augenfarbe haben, ist das prinzipiell schon mal ein Warnzeichen.«

Die Pistole war mit zwei dicken Stoffgurten an einer Öse ihres Gürtels befestigt. Ich schätzte, es würde nicht leicht sein, sie ohne ihre Zustimmung dort rauszuziehen. »Sagst du das im Ernst?«, wollte ich wissen.

»Man fragt sie ein paar Dinge«, erklärte sie und sah zu mir rüber. Einen Moment lang verstummte sie und machte ein langes Gesicht wie über ein unverhofftes Pech. »Das ist nicht immer richtig, das weiß ich auch«, fuhr sie fort, »aber so haben sie uns getrimmt, mir bleibt gar nichts anderes übrig.«

Ich starrte auf die Windschutzscheibe.

»Außerdem geht es nur darum, sie zum Sprechen zu bringen, um zu hören, ob sie einen Akzent haben. Nur wenn das tatsächlich zutrifft, hält man sie auf. Also hast du nichts zu befürchten.«

Ich legte ihr die Hand auf den Oberschenkel. »Wie schön«, sagte ich, ohne ihren Blick zu erwidern.

Am Charles-Clore-Park angekommen, stiegen wir aus dem Wagen. Nitzan führte mich durch ein altes Gummizelt zu einem Nebeneingang, der für Besucher gesperrt war.

»Das ist mein Boss.« Sie deutete auf einen Mann mit Glatze, der in einer Ecke des Zeltes saß und lässig eine kalte Zigarette zwischen den Fingern hielt. »Du kannst das Rauchen nicht lassen, hä?«, sprach sie ihn belustigt an.

Er steckte sich die Zigarette zwischen die Lippen und warf ihr einen resignierten Blick zu.

»Wir gehen rein«, sagte Nitzan und nahm mich bei der Hand.

Er antwortete mit einer müden Geste.

Drinnen hatten sich inzwischen Hunderte von Besuchern eingefunden, Plastikbecher mit Bier in den Händen. Laute Musik dröhnte aus den Lautsprechern zweier Mobilfunkgesellschaften, die parallele Übertragungsstationen aufgestellt hatten.

»Komm«, rief Nitzan und zeigte nach vorn in die Menge. »Hinten bei den Fressbuden ist es ruhiger.«

Ich folgte ihr und kollidierte dabei immer wieder mit ungestümen Schultern und Kniescheiben. Wir schlugen uns zu den Imbissständen und dem Wachposten am Ende des Geländes durch.

»Ich geh rein, um zu melden, dass ich da bin. Warte hier auf mich.«

Ich beschloss, inzwischen für uns beide ein Eis zu kaufen, und reihte mich in die Schlange vor dem Stand ein. Da es hier tatsächlich ruhiger war, konnte ich das Gespräch zweier junger Männer verfolgen, die vor mir anstanden und in der Morgenzeitung blätterten. Sie sprachen genau mit dem Akzent, den Nitzan im Auto erwähnt hatte. Nun war auch ich schon darauf fokussiert, ihn herauszuhören. Ich lauschte aufmerksam der Unterhaltung und bemerkte die Blicke, die andere in der Warteschlange ihnen ab und an zuwarfen. Erleichtert stellte ich fest, dass ich selbst keinen Verdacht erregte.

Nitzan kam wieder heraus und stellte sich neben mich. Die jungen Männer mit der Zeitung rückten vor und wir mit ihnen. Einer der beiden drehte sich um und rief jemandem, der außerhalb der Schlange wartete, etwas zu. Jetzt konnte ich sicher sein, dass Nitzan sie gehört hatte. Ich musterte sie, um ihren Bereitschaftsgrad abzuschätzen. Sie sah gleichgültig vor sich hin.

Als die Männer dran waren und ihr Eis auswählten, deutete der eine unsicher auf eine Sorte und pochte nervös an die Glasscheibe, offensichtlich in seinem Gedächtnis kramend. »*Schu sar?* Was ist los?«, fragte sein Begleiter.

»Das ist Karamell«, sagte ich. »*Ismo* Karamell.«

Die beiden lachten überrascht über das unerwartete Arabisch. Der Größere, der sich mit dem Namen Ihab vorstellte, klopfte mir auf den Rücken und lächelte, als hätte er mich schon vor dieser merkwürdigen Begegnung gekannt. Wir entfernten uns zu dritt vom Stand, während Nitzan das Eis für sich und mich aussuchte.

»*Min wên inte* – woher bist du?«, fragte Ihab.

»*Min Jafa*«, antwortete ich.

»*Fahimtu* – verstehe«, sagte er. »Das erklärt, warum dir bei jedem zweiten Wort das Hebräische dazwischenrutscht.«

Während wir uns unterhielten, sah ich einen Wachmann auf uns zukommen. Von Nitzan wusste ich, dass ein Teil der Wachleute auf dem Gelände herumlief und einzelne Personen kontrollierte.

»Schalom«, sagte er.

»Schalom«, grüßte ich zurück. Die anderen beiden hielten den Mund.

»Amüsieren wir uns?«, versuchte der Wachmann einen neuen Anlauf.

Diesmal begnügte ich mich mit einem Nicken.

Er sah uns aufmerksam an und zuckte schließlich

mit den Achseln, als wollte er signalisieren, dass ihm nichts anderes übrig blieb. »Kann ich mal die Ausweise sehen?«

Während wir unsere Hosentaschen durchsuchten, gesellte sich Nitzan mit hochroten Wangen zu uns.

»Ihn nicht, Schai«, intervenierte sie und zog mich am Arm. Der Wachmann ließ seinen Blick zwischen uns beiden hin- und herwandern und murmelte: »Wusste gar nicht, dass du schon da bist.«

Ihre gekränkte Miene versetzte mir einen Stich ins Herz.

Die beiden anderen zeigten ihre Ausweise. Ein nasser Fleck breitete sich auf meinem Rücken aus, dort, wo Ihabs Hand gelandet war, und ich vermied es, ihn direkt anzusehen.

»Ihn lass«, sagte Nitzan noch einmal. »Er ist mit mir da.«

Der Schabbat ging seinem Ende zu, und ich war gerade dabei, mich für die Rückkehr nach Jerusalem fertig zu machen, als Samaher an die Haustür klopfte. Mein Magen verkrampfte sich vor Sehnsucht, als ich durch den Türspion ihr Gesicht sah. Ich wechselte rasch das Hemd und eilte zurück an die Tür. Ich war froh, dass Mutter gerade nicht zu Hause war, öffnete aber trotzdem nicht sofort, sondern betrachtete Samaher noch ein oder zwei Minuten schweigend durch das kleine Guckloch. Sie klopfte erneut, streckte die

Hand schon nach der Klingel aus, zog sie aber wieder zurück und ging ungeduldig auf und ab. Erst als sie Anstalten machte, zu gehen, steckte ich den Schlüssel ins Schloss und öffnete.

Sie huschte herein. »Du hast dir Zeit gelassen, was?«, lächelte sie mich an.

»Du auch«, sagte ich und lächelte zurück, obwohl ich es mir zu verkneifen versucht hatte.

Einen Augenblick schien sie nachfragen zu wollen, was ich damit gemeint hatte, aber dann beließ sie es dabei, stellte ihre Tasche aufs Wohnzimmersofa und fragte: »Machst du uns Kaffee?«

Wir setzten uns mit Kaffeekanne und Tassen an unseren alten Stammplatz im Wohnzimmer, einem breiten Erker an der Frontseite des Hauses, mit einem Fenster zur Straße. Samaher wie immer zu meiner Linken, ich zu ihrer Rechten. So hatten wir uns gemeinsam auf die Prüfungen vorbereitet – vor ihrer Heirat. Drei Grenzschutzpolizisten erschienen an der Straßenecke, schon zum zweiten Mal an diesem Tag.

»Hast du das gesehen?«, fragte sie.

Ich nickte, sagte aber nichts.

»Das ist doch komisch, findest du nicht?«

»Komisch?«, fragte ich verwundert zurück.

»Ja, dass sie hier truppweise rumspazieren, mitten in einem Jaffaer Viertel. Sie sind offenbar der Meinung, uns vor uns selbst beschützen zu müssen.«

»Mich ärgert das eher.«

»Klar.« Sie wedelte mit der Hand und rückte näher. »Aber siehst du denn nicht, wie lächerlich das andererseits auch ist? Diese Polizeipräsenz in jedem Winkel. Das erinnert mich an den Film, den wir mal im Davidoff-Park gesehen haben.«

Seit einigen Monaten spazieren uniformierte Grenzschützer die Jerusalem-Allee auf und ab. Sie unterziehen die Anwohner, die an ihnen vorbeikommen, einer eindringlichen Musterung, rauchen schweigend, machen kehrt und gehen denselben Weg wieder zurück. Aber seit dem letzten Schabbat kann man sie kaum noch ignorieren, weil sich ihre Zahl aus unerfindlichen Gründen verdoppelt hat und die Patrouillen, die vorher auf die Hauptstraßen begrenzt waren, nun auch auf die Gassen und Wohngebiete der Stadt ausgedehnt wurden.

»So ist das sicher auch in den besetzten Gebieten«, sagte ich.

Samaher lachte seltsamerweise über diese Parallele und sagte dann lange nichts mehr.

Wir sahen weiter schweigend aus dem Fenster. Als die Polizisten die Straße heraufkamen und sich unserem Haus näherten, hörte man ihre Stiefel metallen auf den Asphalt schlagen. Vielleicht hatte Samaher recht. Es war wirklich lachhaft, da hatten wir zum ersten Mal seit ihrer Hochzeit einen Tag und eine Uhrzeit erwischt, wo wir ungestört waren, und dann wurden Grenzschutzpolizisten im Dreigespann bis vor unsere Haustür geschickt, um »uns vor uns selbst zu schützen«.

»Du bist allein gekommen«, setzte ich das Gespräch fort und trank einen Schluck Kaffee.

»Ich hab nicht viel Zeit. Ich wollte Mutter und dich wiedersehen, ehe ich zurückkehre.«

»Mutter ist einkaufen gegangen.«

Samaher nickte.

»Es wird ihr sehr leidtun, dass sie dich verpasst«, fügte ich hinzu.

»Noch bin ich hier.«

»Hat er dich denn nicht wenigstens hergefahren?«

»Er tut, was er kann.« Sie stellte ihre leere Kaffeetasse zwischen uns ab.

Ich hielt es für besser, nicht weiter nach ihm zu fragen.

»Sie wollen es einfach nicht verstehen«, sagte sie schließlich. »Durch ihre Paraden liegen die Nerven bei den Anwohnern dermaßen blank, dass sie letzten Endes andere Verbrechen provozieren.«

»Andere Verbrechen?«, fragte ich und wünschte mir im Stillen schlimmere »Verbrechen« als diese flüchtige Begegnung im Wohnzimmer.

»Ja, genau wie in den besetzten Gebieten«, sagte sie belustigt und versuchte, meinen Tonfall nachzuahmen.

Ich nahm die Kaffeekanne und füllte erneut ihre Tasse. Sie umfasste sie mit beiden Händen und nahm einen langen Schluck.

»Süß«, sagte sie, »genau, wie ich es gern mag.«

Schmale Wasserläufe begannen sich an der Scheibe abzuzeichnen.

»Der erste Regen, den ich dieses Jahr in Jaffa sehe«, sagte ich.

Die Grenzschützer blickten fluchend in Richtung Himmel. Samaher verfolgte interessiert das Geschehen. Als sich die Männer schließlich in einen der benachbarten Hauseingänge flüchteten und behutsam ihre Barette auswrangen, trank sie einen weiteren Schluck Kaffee, schloss die Augen und lächelte.

Wie viele Jahre waren seit jenem Film im Davidoff-Park vergangen? Mindestens drei, Vater lebte damals noch. Den ganzen Weg nach Jerusalem dachte ich immer wieder über Samahers Worte nach. Wieso war ihr gerade jetzt dieser Film eingefallen? Doch wohl kaum wegen der Polizeipräsenz in unserer Gegend.

Mit neun Jahren war ich zum ersten Mal im Davidoff-Park gewesen. Vater hatte mir ein neues Fahrrad gekauft, und am autofreien Jom Kippur unternahm ich damit ganz allein die erste größere Tour. Im Park machte ich an einem Trinkbrunnen halt, und als ich das Gesicht wieder vom Wasserstrahl hob, sah ich, wie ein älterer Junge, den ich nicht kannte, mein Fahrrad wegschob. Ich stand da wie angewurzelt, während er sich grinsend nach mir umdrehte. Am Ausgang des Parks stieg der Junge aufs Rad und verschwand. Ich setzte mich voller Hoffnung auf eine der Bänke neben dem Eingangstor und wartete bis zum Abend vergeblich darauf, dass der Junge zurückkam. Auf dem Heimweg überlegte ich, ob Mutter mir wohl glauben würde, wenn ich ihr erzählte, ich sei überfahren worden und wie durch ein Wunder habe nur das Fahrrad Schaden erlitten. Sie glaubte es nicht.

Vor etwa drei Jahren ließ die Stadt im Davidoff-Park eine Riesenleinwand aufstellen und lud zwei Tage lang zu Gratisfilmvorführungen ein.

»Ist das dein Ernst?«, fragte ich abfällig, als Samaher mir vorschlug, da hinzugehen. »Ich renn doch nicht in diesen Park wegen eines Films, der vor zwei Jahren auf DVD rausgekommen ist.«

»Heute Abend läuft *Identität in der Falle*, das ist der hebräische Titel von *The Bourne Supremacy*. Aber ist ja auch egal, was läuft.« Sie machte eine wegwerfende Handbewegung. »Hauptsache, wir kommen mal raus. Und selbst wenn, dann wäre sogar *Shrek 2* immer noch besser als diese Berichte aus Newe Dekalim, vor denen du den ganzen Abend hockst«, sagte sie und deutete auf den Fernseher.

Die riesige Leinwand hatten wir schon auf halber Strecke von der Jerusalem-Allee aus gesehen. Wir setzten uns auf den Rasen, neben ein paar Mütter und eine ganze Heerschar von Kindern, mit dem Rücken zu einigen Jugendlichen, die fernab der Leinwand grüppchenweise auf den Bänken am Parkeingang saßen.

Während des Vorspanns kam ein etwa zehnjähriger Junge zu uns, einen großen Plastiksack über der Schulter und in der Hand einen langen, kegelförmigen Plastikstab, der dreifarbig blinkte. »*Massa al-cher* – guten Abend«, sagte er und streckte mir den Stab entgegen. »Zehn Schekel.«

Ich schaute hilflos zu Samaher. »Er will uns dieses Spielzeug verkaufen«, sagte sie. »Wie die Verkäufer an der Strandpromenade.«

Der Junge strich sich das Haar aus dem Gesicht und lächelte mich zögernd an. »Zehn Schekel«, sagte er noch einmal. Ich drückte ihm ein paar Münzen in die Hand und nahm den Stab. Samaher besah sich das Ding belustigt und lehnte den Kopf an meine Schulter.

Der Film begann, und das Stimmengewirr ringsum verebbte. Auf der Leinwand erschien Jason Bourne, ein Ex-Geheimagent, der sein Gedächtnis verloren hatte und nun versuchte, seine wahre Identität herauszufinden, während amerikanische CIA-Agenten hinter ihm her waren, um ihm ein mysteriöses Attentat anzuhängen. Er erledigte systematisch seine Feinde, zog von einer europäischen Stadt zur anderen und entging der Falle, die der Geheimdienst ihm gestellt hatte.

Auf dem Weg nach draußen machten wir an einem Stand halt und kauften zwei Becher Popcorn. »Na, wie war's?«, fragte Samaher und griff sich eine Handvoll Popcorn aus meinem Becher. »Deins ist mit Butter, lass mich bloß nicht noch mehr davon nehmen.«

»Ergreifend«, quetschte ich hervor. »Ich freu mich für Jason. Es war sicher nicht leicht für ihn, ohne Identität zu leben.«

»Du hast durchaus so ausgesehen, als würdest du dich gut amüsieren«, sagte sie.

Zu Hause stellte ich fest, dass wir den Fernseher angelassen hatten. Mutter und Vater waren noch nicht vom Abendgebet zurück. Ich schenkte mir eine Cola ein und setzte mich vor die Mattscheibe. Samaher wusch inzwischen etwas Obst für einen Salat. »Was läuft im 2. Kanal?«, rief sie aus der Küche.

»Sie reden immer noch von dem einseitigen Rückzug aus dem Gazastreifen«, gab ich zurück. »Jetzt sind die Kommentatoren an der Reihe.« Zwei Männer in schwarzen Anzügen skizzierten die beiden möglichen Szenarien für das Ende des Rückzugs: Räumung ein für alle Mal und sich damit abfinden oder erbitterte Kämpfe und Wiederaufbau der Siedlungen. Nach einigen Minuten des Wortwechsels schwenkte die Kamera auf einen kleinen Jungen, der sich auf dem Weg zum Flüchtlingsbus auf die Erde legte und sie weinend küsste. Zwei Soldatinnen eilten auf ihn zu, beugten sich aber nicht zu ihm herunter, sondern schauten unschlüssig zu, wie er sich in Tränen aufgelöst weiter auf dem Boden wälzte und ihn mit Küssen bedeckte. Ich wandte den Blick ab, und mein Magen verkrampfte sich.

Ich musste an Jason Bourne denken, wie er mit

gezückter Pistole dem Agenten gegenüberstand, der ihn verleumdet hatte, ein Mann aus Tränen, Zorn und Schweißperlen.

»Samaher, wie war noch mal der Titel von dem Film heute Abend?«, rief ich zur Küche hin.

Samaher hielt einen Moment inne, ehe sie antwortete: »Identität in der Falle«.

Als ich kurz zur Küche sah, rutschte mir das Glas aus den Händen und zerschellte am Boden. Der dunkle Fleck breitete sich zusehends auf dem Teppich aus.

Dieses T-Shirt ist dir immer noch zu groß«, ich setzte mich und deutete auf den Stuhl gegenüber.

»Irgendwann wird sich auch das ändern«, Scharihan blieb hartnäckig stehen. »Hast du die Nachrichten gesehen?«

»Nein«, erwiderte ich verlegen und löste den Blick von ihrem Shirt. »Ich hab's vor einiger Zeit aufgegeben. Ich hatte das Gefühl, jeden Abend praktisch dieselbe Sendung zu sehen.«

Sie nahm mein Notizbuch vom Tisch. »Ich hätte nicht gedacht, dass ich jemanden mit Familie in Gaza kenne.«

Ich nickte, obwohl ich immer gewusst hatte, dass Machmud, einer unserer politischen Aktivisten, Verwandte in Gaza hat. Ich hatte sie sogar ein oder zwei Mal mit ihm gemeinsam besucht, als das noch möglich war. Aber im Moment schien es nicht ratsam, das Scharihan zu erzählen.

»Er steht ihnen nicht sehr nahe«, sagte ich.

»Und dieses Mädchen, das bei der Militäraktion getötet wurde? War sie eine Verwandte?«

»Eine Cousine, soviel ich weiß, aber ich glaube kaum, dass er sie gekannt hat. Sie war erst sieben, und Machmud war seit Jahren nicht mehr in Gaza.«

Endlich setzte sie sich.

»Ich hab da drin was über dieses T-Shirt geschrieben, weißt du.« Ich deute auf das Notizbuch in ihrer Hand. »Es war das erste Mal, dass ich etwas so Ausführliches über ein anderes Mädchen als Samaher geschrieben habe.«

Das war im Sommer vor zwei Jahren. Scharihan und ich hatten uns vor dem Lebensmittelladen des Viertels verabredet, wo unser Zusammentreffen ganz zufällig aussehen konnte. Wir gingen gemeinsam den steilen Weg zur Jefetstraße hinauf. Scharihan trug das weiße T-Shirt, das Said ihr bei einer Demonstration auf dem Rabin-Platz gekauft hatte. In der drückenden Hitze jenes Montagmittags erschien es mir um mehrere Nummern zu groß.

Am Eingang zum Grundstück des Gemeindezentrums standen ein paar Kinder in Zweierreihen. Sie hatten offenbar ihren Besuch dort beendet und waren dabei, in die Schule zurückzukehren. Wir umgingen den Hauptweg und nahmen den Pfad durch den Garten. Immer wieder fielen uns reife Birkenfeigen auf die Köpfe, sie waren unter der Last der Hitze weich geworden und vergossen beim Zerplatzen klebrige Tränen. Scharihan zog sich ungeduldig die Früchte aus den Locken. Ich glaube, es war das erste Mal, dass ich Lust bekam, ihr Haar zu berühren.

»Kommt, wir versammeln uns bei den Schaukeln im Garten«, sagte eine junge Frau, die uns entgegenkam. »Da ist es zur Abwechslung mal schattig und angenehm.«

Wir setzten uns etwas abseits. Zwei junge Männer verteilten Kaffee in kleinen Styroporbechern. »Werdet ihr auch aktiv?«, fragte der eine und reichte Scharihan einen Becher.

»Ja«, antwortete ich und registrierte aus dem Augenwinkel, dass er beim Überreichen des Bechers Scharihans Hand berührte.

»Herzlich willkommen«, er lächelte zufrieden und gab mir den zweiten Becher. »Ich heiße Hani. Immer gut, neue Gesichter zu sehen.«

»Ich bin nicht mehr so neu hier.« Scharihan nippte an ihrem Kaffee. »Aber euch beide kenne ich nicht. Seid ihr aus Al-Quds?«

»Ja«, erwiderte er. »Wie hast du das erraten?«

»Nennen wir's Intuition«, lächelte sie.

»He, Leute, kommt ihr?«, rief die junge Frau, die uns in Empfang genommen hatte. »Nehmt euren Kaffee mit und kommt her zu uns.«

Scharihan und ich setzten uns gemeinsam auf eine

der Bänke, neben eine hochschwangere junge Frau und einen schlanken, feingliedrigen Jungen, von dem kaum zu glauben war, dass er ihr Mann sein sollte.

»Ich schlage vor, wir veranstalten eine weitere Demo in Haifa«, begann die junge Frau, die sich als Narmin vorgestellt hatte. »Die vorige war sehr erfolgreich. Haifa ist für die meisten von uns nah genug, und wir haben da große Unterstützung bei den Einheimischen.«

»Aber die Absicherung ist dort problematisch«, bemerkte Scharihan. »Letztes Mal gab es nicht genug Polizisten für die vielen Demonstranten, und einige Teilnehmer haben sich wohl darüber beschwert, dass Polizisten ihre Palästinaflaggen konfisziert haben.«

Ich sah sie an und stellte sie mir mit Palästinaflagge in einem Meer von Demonstranten vor. In diesem Moment beschloss ich, die Demo in Haifa mitzumachen.

»Wir sollten trotzdem wieder hingehen«, beharrte Narmin. »Wir haben es uns doch nie leicht vorgestellt. Es war abzusehen, dass wir auf ein paar Hindernisse stoßen würden.«

»Die Frage ist, ob wir mehr tun könnten«, sagte die junge Frau neben uns und legte eine schmale Hand auf ihren Bauch.

»Wir tun sehr viel«, gab Narmin zurück. »Unsere Tätigkeit erschöpft sich ja nicht in Demonstrationen, wir veranstalten Tagesseminare in Schulen, wir drucken Flugblätter und einiges mehr.«

»Helft ihr mir mit dem Schild?«, rief Machmud, der im Sand lag, ein großes Stück Pappe vor sich.

»Wo ist das Problem?« Narmin stand auf und ging zu ihm.

»Es gibt kein Problem, ich bin fast fertig«, sagte er. »Ich habe die Parolen so draufgeschrieben, wie ihr es haben wolltet, auf Arabisch, Hebräisch und Englisch. Allerdings hab ich vergessen, was ›Transfer‹ auf Arabisch heißt.«

Schallendes Gelächter erhob sich in der Runde.

»Ihr wollt Araber sein?«, sagte Hani und verriet ihm das gesuchte Wort. »In Al-Quds würdet ihr bereits daran scheitern, den Aufnahmefragebogen auszufüllen.«

Machmud wandte sich wieder seiner Arbeit zu.

Ich sollte ihn fragen, ob er an das getötete Mädchen denkt und was er von ihm im Gedächtnis behalten wird, wenn überhaupt.

»Meinst du, man kann jemanden in Erinnerung behalten, den man nicht kennt?«, fragte Scharihan, die Augen auf mein Notizbuch gesenkt. Der goldene Ring an ihrem Finger blitzte mich an wie eine Münze auf dem Gehweg.

Wie oft würden wir noch Gelegenheit zu Begegnungen haben wie dieser? Ich versuchte, meinem Gedächtnis ein kurzes muslimisches Totengebet abzuringen, aber vergebens.

Aus der anderen Ecke des Gartens kam ein älterer Mann auf uns zu, einen bunten Plastikkorb in den Händen. Wir sahen ihn näher kommen und verstummten alle nach und nach. Als er die Bänke erreicht hatte, verlangsamte er seine Schritte, als würde er vor irgendetwas auf der Hut sein.

»Schalom«, sagte er auf Hebräisch, wobei der gleiche Akzent durchklang, den Hani hatte. Die Sitzenden waren überrascht, dass er sie nicht auf Arabisch ansprach, und sahen einander an. Er musterte Narmin und Scharihan, auf deren T-Shirts in roten Lettern »Raus aus Gaza« stand. Dann fuhr er auf Hebräisch fort: »Ich verkaufe Spielzeug, Handtücher und Feuerzeuge.« Er zeigte seine Ware.

Schnell wurden ein paar Schekel in der Runde gesammelt und ihm schweigend übergeben. Er beharrte darauf, ein paar Stücke aus seinem Angebot auf dem Tisch zurückzulassen, aber die Umsitzenden packten sie in seinen Korb zurück und schickten ihn fast gewaltsam weg. Der peinliche Vorfall schlug mir auf den Magen, und ich rührte mich nicht von der Stelle.

»*Allah jibarik fikum* – Allah segne euch«, sagte der Alte plötzlich, bekam hochrote Wangen und machte auf dem Absatz kehrt.

»Entschuldigt mich mal kurz«, sagte Scharihan. Mit einem kurzen Blick in meine Richtung lief sie zum Gemeindehaus. Ich folgte ihr bis an die Tür zu den Frauentoiletten. Ich war mir nicht ganz sicher, weil sie den Wasserhahn aufgedreht hatte, aber ich glaubte, sie weinen zu hören.

»Ich muss gleich los.«

Ich strecke die Hand aus, um ihr das Notizbuch abzunehmen.

Scharihan hält es fest und bleibt sitzen. Wie sie wohl reagieren würde, wenn ich ihr jetzt erzählte, wie gern ich ihr damals in die Toilette gefolgt wäre, um sie zu küssen. Wie sehr ich sie jetzt immer noch küssen möchte? Das kleine Mädchen war tot, aber wir haben es nicht gekannt, auch Machmud hat es nicht gekannt – und wir sind immer noch hier, am Leben.

Ich wünschte, wir wären jetzt nicht allein im Haus.

»Es wird dich nicht interessieren«, wende ich ein.

»Das macht nichts«, sagt sie entschlossen. »Ich meine, es wird Zeit.« Sie erhebt sich und kommt auf mich zu. »Ich finde, das habe ich verdient.«

Überrascht starre ich sie an.

Scharihan schlägt das Notizbuch an einer beliebigen Stelle auf und liest: »Er legte das Notizbuch auf die Knie und schrieb ...«

Er legte das Notizbuch auf die Knie und schrieb: »Bewölkt. Ein Geruch nach Benzin und Mülltonnen.« Er schaute erneut aus dem Fenster, um sicherzugehen, dass er nichts vergessen hatte. In eine Rauchwolke gehüllt verließ der Bus schnaufend die Haltebucht und steuerte in Richtung Schnellstraße nach Jerusalem. »Im Radio läuft ein Song der *Doors*.« Er strich die Worte zweimal durch, bereute es und schrieb sie wieder hin.

Der Fahrer beschleunigte das Tempo, um einen identischen Bus auf der linken Spur zu überholen, und machte es ihm schwer, das Notizbuch auf den Knien zu balancieren. Der andere Bus war voll mit Soldaten, viele von ihnen schliefen, die Wangen an die Scheiben gedrückt. Von den vormilitärischen Übungen in der Oberschule wusste er noch, dass man die Korps-Zugehörigkeit eines Soldaten an der Farbe des Baretts unter seinem Schulterstück ablesen kann. Auch das stand in seinem Notizbuch. Er schirmte seine Augen ab, um sein Spiegelbild von der Fensterscheibe zu vertreiben. Rote Barette. Fallschirmjäger. Bei einem Anschlag auf den Bus dort würde der Attentäter zu einer Legende werden. Ein Held zu Lebzeiten. Richtiger – im Tod. Ganze Heerscharen vermummter Gestalten würden in der einen Hand ihr Gewehr schwenken, in der anderen das Schild mit seinem Foto und in allen Nachrichtensendungen »*Allahu akbar*« rufen, »Allah ist groß«. »Und dies sind die Bilder aus Gaza nach dem Anschlag von heute Morgen«, würde man in den Nachrichten sagen und immer die gleiche Bilderfolge ablaufen lassen: Schwarz gewandete Gestalten, von denen nur die Augäpfel zu sehen waren, würden wie auf Anweisung eines verborgenen Regisseurs auf die Kamera zulaufen, ihre Transparente und Gewehre schwenken und »*Allahu akbar*« skandieren. Immer wieder würde man hören: »Und dies sind die Bilder aus Gaza« oder »Dies sind die Bilder aus Dschenin« oder »Dies sind die Bilder aus Beirut« oder aus Bagdad oder aus Ost-Jerusalem oder aus Jaffa. Kein Mensch würde sich genau erinnern. Danach würden die Organisationen sich um die Verantwortung für den Anschlag streiten, und je mehr Soldaten umgekommen wären, desto mehr Organisationen würden auftauchen und behaupten, der Attentäter stamme aus ihren Reihen, und niemand würde mehr wissen, wen er hassen beziehungsweise lieben sollte. Man würde erst wieder erleichtert aufatmen können, wenn die Videokassetten gefunden wären, die den Attentäter ein oder zwei Tage vor dem Anschlag zeigten. Er würde etwas über das Rückkehrrecht oder die *Nakba* oder den Koran sagen und in der nächsten Szene auf einem rechteckigen Teppich niederknien und beten: »*Allahu akbar*«, »*Allahu akbar*«. Er sah sich selbst gebannt vor dem Bildschirm sitzen und hörte seine Mutter im Hintergrund mit der Zunge schnalzen und sagen: »Noch so ein Irrer, dem sie das Gehirn gewaschen haben.«

Der Bus zur Linken verlangsamte das Tempo und fuhr an der nächsten Ausfahrt ab. Er blickte ihm nach, bis nur noch eine dünne Linie zu sehen war, die schließlich ganz in der Ferne verschwand, und drückte dann das Ohr an die Scheibe, um besser zu hören: Es kam kein Knall. Er konzentrierte sich wieder auf sein Notizbuch und sah, dass sich sein Bleistift unterdessen selbstständig gemacht und tiefe Kratzer auf dem Blatt hinterlassen hatte. Sie überkreuzten die Worte und nagelten sie ans Papier, schlossen sie ein wie ein Fenstergitter.

Er musterte die Fahrgäste in seiner Nähe und fragte sich, ob einer von ihnen womöglich seine Gedanken lesen konnte. Der Platz neben ihm war frei, aber ihm gegenüber saßen zwei alte Frauen, die Plastikperlenketten um den Hals trugen. Sie blickten geradeaus zu den Vordersitzen und wechselten hin und wieder ein paar Worte, ohne sich anzusehen. Er gelangte zu dem Schluss, dass er von ihnen nichts zu befürchten hatte, und vermerkte in seinem Notizbuch, dass sie eine Sprache sprachen, die er nicht identifizieren konnte.

Während er schrieb, sah er die Attentäter im Geiste auf seinen Bus überwechseln. Jetzt schwebten die beiden alten Frauen und er in Lebensgefahr. In seiner Vorstellung sah er die beiden wie Wurfgeschosse durch den Bus sausen, er sah die abgerissenen Glieder in hohem Bogen nach allen Seiten fliegen wie Feuerwerk. Er überlegte, was in dem Inferno nach der Detonation wohl aus den Plastikperlen werden würde. Die bärtigen ZAKA-Mitarbeiter, die sich um die Bergung der Leichen und menschlichen Überreste kümmerten, würden sie an den Hälsen und Skeletten der toten Frauen finden wie bizarr verformte Wachstropfen oder irgendwo auf der Straße, verkohlt, aber ansonsten unversehrt. Eiskalte Schauder liefen ihm in schmalen Streifen über den Rücken. Die grellen Farben der Todesszenen, die in seiner Fantasie entflammt waren, hatten ihn aufgewühlt. Wo wollten die beiden wohl hin? Es schien ihm zu vorhersehbar, »zur Klagemauer« zu schreiben. Seine Hand zuckte unschlüssig übers Papier: zum Hadassa-Krankenhaus? Zum Khan-Theater?

Er zog sein Handy aus der Hosentasche und las die Ziffern auf dem Display. Zehn vor neun. Noch vierzig Minuten bis zum Beginn der Vorlesung. Er dachte daran, seine Mutter anzurufen. Das würde eine gute Schlagzeile abgeben, überlegte er: »Minuten vor der Detonation – ein letzter Anruf bei seiner Mutter«. Im Geiste sah er unter den schwarzen Lettern auf der Titelseite sein Gesicht, rot eingerahmt. Ein Zitat der trauernden Samaher würde in der oberen Ecke des Artikels prangen. Welches Bild sie wohl in die Zeitung setzen würden? Hauptsache, nicht das peinliche Porträt aus dem Abiturklassenbild. Er musste daran denken, dieses Foto gleich zu entsorgen, wenn er nach Hause kam. Er warf einen Blick auf die beiden Alten, um sich zu vergewissern, dass sie noch unversehrt waren. Das Gesicht der Frau, die ihm am nächsten saß, wirkte erschöpft und blass gegen den matten Glanz, der durch das Fenster fiel. Nun war er sich sicher, dass die beiden zum britischen Soldatenfriedhof auf dem Skopusberg unterwegs waren. Er hatte dort noch nie eine Menschenseele gesehen, obwohl er Woche für Woche an dem Hang vorbeifuhr. Die steinernen Kreuze, die dort in der Erde steckten, würden sich sicher über die Gesellschaft freuen, die er für sie plante. Er blätterte in seinem Notizbuch zurück und suchte nach früheren namenlosen Gestalten, die er mit den beiden Friedhofsbesucherinnen bekannt machen könnte. Er fand weniger als gedacht, aber die Wiederbegegnung mit ihnen erfüllte ihn mit einem Gefühl des Stolzes, wie jemand, der zum ersten Mal den Sinn seines Tuns erfasst. Überrascht stellte er fest, dass sich unter den Bewohnern seines Notizbuchs kein einziger Mann befand. Ganz unbewusst hatte er ausschließlich Frauen beschrieben. Eine von ihnen weckte jetzt das bedrückende Gefühl von Reue und Mitgefühl in ihm.

Er hatte an jenem Tag an einem *Malabi*-Stand in Jaffa gestanden und auf sein Getränk gewartet. Der schlampig am Rand vermerkten Zeitangabe zufolge war es »Mitte August«. Samaher und er waren auf dem Heimweg. Sein Notizbuch sagte nichts darüber, woher sie gekommen waren. Sie hatten eine Reifenpanne und schafften es gerade noch bis zur Werkstatt ihres Onkels. Samaher blieb beim Wagen, während er zum nächstgelegenen Laden lief, um etwas zu trinken zu holen. Als er dort wartete, bis er an der Reihe war, sah er eine füllige grauhaarige Frau, die langsam näher kam. Sie schleppte sich mühsam die Stufen zum Stand hoch, das Gesicht verzerrt und gerötet vor Anstrengung, und blieb unter einem der bunten Sonnenschirme stehen, die hin und her schwankten und ächzten, als hätten sie Schmerzen. Die Frau nahm ihr Kopftuch ab und wischte sich den Schweiß von der Stirn. Er war sicher, sie noch nie hier gesehen zu haben. Sie blickte sich verzweifelt um. Er legte sein Notizbuch auf die niedrige Betoneinfriedung neben dem Stand: »Wo will sie hin? Sie hat sich anscheinend weit von ihrem Haus entfernt.« Die Frau holte ein Arzneifläschchen hervor und klaubte mit den Fingern eine Tablette heraus. Er versuchte vergeblich, das Etikett zu entziffern. Sie legte den Kopf zurück und warf die Tablette in den Mund. Er schrieb, so schnell er konnte. Als er aufsah, kreuzten sich ihre Blicke, trafen sich wie zwei Pfeile. Hatte sie ihn auf frischer Tat ertappt? Er senkte den Kopf wieder über sein Notizbuch und tat so, als würde er konzentriert lesen. Aus den Augenwinkeln sah er sie wieder zum Bürgersteig hinuntergehen und ihren Weg fortsetzen. Er blickte ihr nach und dachte zum ersten Mal seit Jahren wieder an seinen letzten Schultag in der zweiten Klasse, an das Gefühl der Scham, als man ihn am Kiosk gegenüber der Schule beim Klauen einer Handvoll Gummibärchen erwischte. Der Speichel in seinem Mund wurde zäh und bitter, und er war erleichtert, als man ihm das gewünschte Getränk reichte.

Der Bus hielt, die Fahrgäste strömten hinaus und drängelten sich am Bahnhofsausgang. Als er ausgestiegen war, sah er sich nach den beiden Frauen um, die in seiner Nähe gesessen hatten, aber ohne Erfolg.

In dem ewigen künstlichen Dunkel des riesigen Busbahnhofes sahen die Menschen von hinten alle gleich aus. Als er hörte, wie jemand einem der Fahrer zurief: »Bist du blind? Es ist rot«, fiel ihm ein, dass er die Farbe der Plastikperlenketten nicht vermerkt hatte.

Auf dem Bahnhofsvorplatz stand eine Gruppe von vier Männern und blickte sich suchend um. Ein Polizeiwagen parkte mit zwei Rädern auf dem Bürgersteig, wo vermutlich bis vor Kurzem ein größerer Menschenauflauf gewesen war. »Hat man was gefunden?«, fragte einer der vier und warf eine brennende Zigarettenkippe auf die Fahrbahn.

»Nichts. Fehlalarm.«

Als er gerade die Jaffastraße überqueren wollte, klingelte sein Telefon. Seine Mutter war am Apparat. »Bist du schon in Jerusalem?« Er konnte bei dem Verkehrslärm kaum sein eigenes Wort verstehen, aber den Antworten seiner Mutter zufolge verstand sie ihn. »Hast du eine Jacke mitgenommen? Kommst du am Donnerstag zurück wie immer?«

Er erzählte ihr von den Dingen, die er sich im Bus ausgemalt hatte, und von den Soldaten. Sie lauschte schweigend. Er hörte sich sagen: »Eine verrückte Geschichte, was?«

Und seine Mutter antwortete: »Was hast du bloß für Attentate im Kopf?«

Er steckte das Telefon zurück in die Hosentasche und sah zur Ampel. Grün. Plötzlich fiel ihm auf, dass das einen großartigen Titel für seine Geschichte abgeben würde: Attentat im Kopf. Und schon angelte er begeistert nach dem Notizbuch in seiner rechten Hosentasche. Eine junge Frau mit leerem Kinderwagen stieß mit ihm zusammen und fauchte im Vorbeieilen: »Haben Sie denn keine Augen im Kopf?« Während er die Straße überquerte, stellte er sich vor, wie sein Bleistift die Buchstaben aufs Papier malte: »Attentat im Kopf«.

Er spürte, wie seine Schritte leichter wurden als die der anderen Passanten um ihn herum. Seine Füße schwebten über den Asphalt, und er steuerte schwerelos seinem Ziel entgegen, getragen von einer Welt, die sich in langen Zeilen aus Tinte und Blei in seinem Notizbuch verbarg. Einen Augenblick lang genoss er das Gefühl, dann steckte er die Hand in die Hosentasche und ballte sie zur Faust, aus Angst, plötzlich die Bodenhaftung zu verlieren und abzuheben, über die verblüfften Blicke der Menschen um ihn her.

Falestin auf Hebräisch einritzen

Ein Nachwort von Hanan Hever

Es ist einer der Höhepunkte in Ayman Siksecks Buch, als der Icherzähler einen Zweig nimmt, dessen Spitze in einen Ölfleck auf dem Asphalt taucht und daraus den arabischen Buchstaben Alif zieht. Der erste Buchstabe des arabischen Alphabets prangt im innersten Herzen des hebräischen Textes und verursacht um sich herum einen sprachlichen Unruhezustand. Es ist der Moment, in dem es Sikseck nach langem Bemühen gelingt, das Arabische in das jüdische Umfeld »einzuritzen«, einen Umfeld, das die Zeichen des arabischen Raums verdrängt und zerstört hat: »Von Mutters Elternhaus, wie von den meisten Häusern der Gegend, war nichts übrig geblieben als riesige Haufen von Sand und Metall, die an der Küste emporragten und gedemütigt auf die Rückseiten der neu erbauten Prachtbauten starrten.« (S. 37)

Dieses lange Bemühen, das Arabische aufzuspüren und es in dem hebräischen Raum sichtbar werden zu lassen, zieht sich wie ein roter Faden durch die

Handlung des Buches. Die Entdeckung der Inschrift »Palestine Fund« auf dem Kanaldeckel in Jaffa steht symbolisch für den Versuch, sich über die Sprache den hebräisch-jüdischen Raum wieder anzueignen, aus dem die arabische Bevölkerung durch die Nakba[1], die Katastrophe, vertrieben wurde. In diesem Kontext fällt auch der Name des verehrten palästinensischen Schriftstellers Ghassan Kanafani, von dem der arabische Händler auf dem Flohmarkt sagt, er habe »die Dinge geschrieben, die Bialik dir niemals würde erzählen wollen.« (S. 83 f.)

Doch das Bemühen des Erzählers zielt auch in die Gegenrichtung: Nicht nur das Arabische soll sichtbar werden, sondern auch das hebräische Wort für Palästina: *Falestin.* »Damit alle Flaneure sehen konnten, dass du [die Inschrift] jetzt auch auf Hebräisch da bist.« (S. 30) In der Person des Erzählers stehen die hebräische und die arabische Sprache, die Identität als Israeli und Palästinenser miteinander im Diskurs und Widerstreit. Der Erzähler flaniert durch den urbanen Raum von Jafo-Jaffa, ausgerüstet mit einem Notizbuch, in dem er seine Eindrücke und Gedanken festhält. Er notiert, was seine Augen sehen und seine Ohren hören, ist schreibend auf der Suche nach seiner

1 Die Gründung des Staates Israel auf ehemals britischem Mandatsgebiet im Mai 1948 ging einher mit der Flucht und Vertreibung von etwa 700 000 Palästinensern aus vielen Gebieten Palästinas. Im arabischen Sprachgebrauch heißt dieses Ereignis deshalb Nakba, die Katastrophe. [Anm. d. Übers.]

Identität, die zwar im Alltag eine hebräisch-arabische ist, aber dennoch immer maßgeblich beeinflusst wird durch den sprachlichen und politischen Widerstand gegenüber dem, was aus dem ehemals palästinensisch geprägten Jaffa nach der Nakba geworden ist.

Das Alter Ego des Autors ist ein Stadtbummler, ein Flaneur im Stile eines Baudelaire oder Walter Benjamin, dessen Tun das Bewusstsein auf eine Weise befreit, dass es Objekte, deren Zeit vorüber ist, zu erkennen und ihnen jene dialektischen Vorstellungsbilder abzugewinnen vermag, die ein ganz anderes Geschichtsbild entstehen lassen können. Mit diesem Buch begibt sich Ayman Sikseck an die Nahtstellen der Wirklichkeit Israels und überschreitet flanierend die Grenzzäune der israelischen Literatur: Zum einen ist er als Autor organischer Bestandteil dieser Literatur, da er auf Hebräisch schreibt; dass er dies aber als Palästinenser tut, unterläuft die unterschwellig herrschende Annahme, hebräische Literatur sei im Grunde immer »jüdische Literatur«. Als israelischer Palästinenser flaniert Sikseck also auch durch die von vielen Identitäten bevölkerte Zwischenwelt der hebräischen Literatursprache. Er rekonstruiert das Trauma der Nakba, indem er ihre Präsenz im israelischen Raum aufspürt und eine fließende sprachliche Position einnimmt, die in und aus dem israelischen Sprachraum strömt. Komplex wird sein Widerstand daher auch dort, wo er in arabischer Sprache stattfindet. Er enthält sowohl einen Akt der Provokation als auch ein Gefühl der Fremdheit, welches sich zum Beispiel in der Sprachlosigkeit zeigt, die für das Verhältnis zum Vater bestimmend ist, oder in der Reaktion des Erzählers auf das militante, fremdartige Arabisch, das die Verlobungsgäste sprechen.

Nicht minder vielschichtig ist Siksecks Widerstand gegen die zunehmend jüdische Prägung des arabischen Raumes von Jaffa. So lässt er Scharihan in Bezug auf das Ramses-Tor sagen: »Manchmal muss man auch das Unechte akzeptieren. [...] Weil nichts anderes übrig bleibt, verstehst du? Wenn Jaffa dir nur diese Nachbildung und nicht das echte Tor zu bieten hat, dann kannst du es annehmen oder nicht. Uns bleibt keine andere Wahl.« (S. 19) Diese Verquickung von Akzeptanz und Ablehnung tritt beispielsweise auch dort hervor, wo er die religiösen Juden mit dem beleidigenden Wort »Kakerlaken« belegt: Zum einen geht der Autor selbst auf Distanz zu dieser diskreditierenden Benennung, indem er sie einem seiner Anti-Helden in den Mund legt, zum anderen spricht daraus eine deutliche Kritik an einem rassistischen Diskurs im Stil von Raful.[2]

Der innere Konflikt des Icherzählers spiegelt die

2 Rafael Eitan, genannt Raful (1929–2004), war Generalstabschef im ersten Libanonkrieg und danach Politiker, in welcher Eigenschaft er im April 1983 sagte, wenn Araber Steine würfen, müsste man für jeden Stein zehn Siedlungen gründen, dann könnten die Araber nur noch »rumrennen wie besoffene Kakerlaken in einer Flasche«. [Anm. d. Übers.]

hybride Identität eines Menschen, der seinen Platz nicht findet, weder im Hinblick auf seine nationale Identität noch im persönlichen Bereich. Auf Scharihans Feststellung »... bis sie uns alles zurückgeben, was sie uns genommen haben« (S. 103) erwidert der Erzähler unsicher »Uns?« und macht es damit unmöglich, diesem »uns« eine Identität zu geben. Aber auch das zweite »uns« in diesem Satz ist vielschichtig, weil es mehrere Seiten von dem gibt, was »uns genommen wurde«: Angesichts des Schildes, das dem ganzen Haus Israel ein frohes Fest wünscht, erklärt Said, er habe früher mal das Gefühl gehabt, »als würde all das irgendwie auch zu mir gehören«, und der Erzähler selbst erinnert sich an die wacklige Laubhütte, die seine Schwester und er jedes Jahr im Garten errichtet hatten. Denn: »Wer wusste denn damals, dass das Laubhüttenfest ein ›Fest des Hauses Israel‹ ist und nicht unseres?« (S. 24, 26)

Auch das Privatleben bleibt von diesen inneren Konflikten nicht verschont. So verspürt er einerseits den Wunsch, zu seiner Mutter nach Jaffa zurückzukehren und das Leben an der Hebräischen Universität von Jerusalem aufzugeben, andererseits sieht er darin eine Art von Versagen. Nicht weniger zwiespältig gestaltet sich sein Liebesleben. Das Hin- und Hergerissensein zwischen der Palästinenserin Scharihan und der Jüdin Nitzan erreicht einen Höhepunkt in der Episode über das Bierfest, als Nitzan als Angestellte eines Wachdienstes erklärt, wie sie Passanten auf ihre

Identität überprüft, der Erzähler aber die Pistole an ihrem Gürtel fixiert und dabei findet, »dass ihr die Militäruniform viel besser gestanden hatte«. (S. 121)

Diese hybride Identität hat einen hohen Preis. Sie verlangt von dem, der an ihr festhält – oder genauer gesagt, von ihr festgehalten wird – wahre Akrobatik-Künste, die zuweilen zu einem grotesken Maskenspiel werden, so zum Beispiel, als der Erzähler vor dem Ilana-Goor-Museum in Jaffa auf die Frage eines arabischen Jungen, wann das Museum geöffnet sei, nur den Kopf schüttelt: »mit der entschuldigenden Geste eines Menschen, der die Sprache, in der er angesprochen wurde, nicht versteht.« (S. 86)

Die Zerrissenheit zwischen zwei Welten geht aber nicht nur mit einer Erschütterung der eigenen Identität einher, sondern auch mit beklemmender Angst. Wenn der Erzähler zur Weihnachtszeit einen Chanukka-Krapfen isst, fühlt er sich unvermittelt »von den Riten fremder Feiertage« so bedroht wie nie zuvor (S. 42), und als er in der Episode im Bus mit handfestem Rassismus konfrontiert wird, aber zugleich die eigene Angst vor der arabischen Frau mit der großen Tasche leugnet, zeigen sich Krankheitssymptome und anhaltende Übelkeit. (S. 53 f.) Es ist ein ewiges Pendeln zwischen Fremdsein und Zugehörigkeit, das sich auch in der Einstellung zu den Juden zeigt, die in die neuen Nobelwohnungen in Jaffa übersiedeln. Was sie nach Jaffa zieht, ist die Sehnsucht nach dem Orient, aber dann wollen sie von den Bewohnern des Orients nichts wissen: »... aber sobald sie dann hier sind, wollen sie nicht wissen, wie du heißt.« (S. 117)

Der Tribut, den die doppelte Identität also fordert, besteht in der Unfähigkeit, Rückhalt im Islam zu finden, im Fehlen gefestigter Männlichkeit (als man ihm auf der Party einen »Mädchen-Drink« serviert) oder in der Erschütterung seiner politischen Identität als Araber, wenn seine Landsleute aus Al-Quds[3] die arabische Identität seines Freundes Machmud in Zweifel ziehen. (S. 138) Der Erzähler ist als Palästinenser mit israelischer Staatsbürgerschaft – zweifach geächtet, von Israelis wie Arabern – unfähig, eine stabile Identität zu entwickeln, und lebt praktisch auf einem Vulkan, der jederzeit ausbrechen kann. Es ist eine schier unmögliche Daseinsform, und die Last der Identität ist nicht abzuschütteln. Stellvertretend lässt Sikseck den unter Gedächtnisschwund leidenden Ex-Geheimdienstler Bourne in dem Film *Identität in der Falle* sagen: »Es war sicher nicht leicht für ihn, ohne Identität zu leben.« (S. 133)

Im letzten Kapitel des Buches wird der Icherzähler zum Erzähler in der dritten Person. Nun betrachtet er die Riesenanstrengung des Schreibens von außen, mit dem Ziel, die Angst zu bewältigen, die seine unmögliche Position mit sich bringt. Das schreibende Ich trennt sich vom Icherzähler und kann fortan prüfend ausloten, wie weit das Schreiben zu der höchst

3 Der arabische Name für Jerusalem. [Anm. d. Übers.]

problematischen Ausformung seiner Identität beiträgt. Die Szenerie eines Anschlags auf den Bus, in dem er von Jaffa nach Jerusalem fährt und fürchtet, palästinensisches Opfer eines palästinensischen Anschlags zu werden – der Gipfel seiner unmöglichen Lage –, endet mit der eindringlichen Erkenntnis, dass der eigentliche Akt des Schreibens ihm selbst schwere Gewalt antut, ihn förmlich einkerkert:

»Der Bus zur Linken verlangsamte das Tempo und fuhr an der nächsten Ausfahrt ab. Er blickte ihm nach, bis nur noch eine dünne Linie zu sehen war, die schließlich ganz in der Ferne verschwand, und drückte dann das Ohr an die Scheibe, um besser zu hören: Es kam kein Knall. Er konzentrierte sich wieder auf sein Notizbuch und sah, dass sich sein Bleistift unterdessen selbstständig gemacht und tiefe Kratzer auf dem Blatt hinterlassen hatte. Sie überkreuzten die Worte und nagelten sie ans Papier, schlossen sie ein wie ein Fenstergitter.« (S. 142 f.)

Deutsche Erstausgabe
1. Auflage

Die Originalausgabe erschien 2010 unter dem Titel *El Yafo*
bei Yedioth Ahronoth Books and Chemed Books, Tel Aviv

Aus dem Hebräischen von Ruth Achlama
Lektorat: Petra Müller, Berlin
Umschlag: : www.b3k-design.de,
Andrea Schneider und Max Bartholl
Umschlagmotiv: © Tino Veneziano
Satz: Pinkuin Satz und Datentechnik, Berlin
Druck und Bindung: GGP Media GmbH, Pößneck
Printed in Germany 2012
ISBN 978-3-7160-2687-8

www.arche-verlag.com

ARCHE
PARADIES
Herausgegeben
von Denis Scheck

Autoren aus aller Welt erzählen
vom Sinn der Sinnlichkeit:

Kathrin Aehnlich, Herman Bang,
Thorsten Becker, Richard F. Burton,
Remco Campert, Albert Camus,
Anthony Capella, T Cooper, Liane Dirks,
Axel Eggebrecht, Stephen Elliott,
Toine Heijmans, Idwal Jones,
Joachim Kersten, Paul Klee,
Jerzy Kosinski, Sabine Küchler,
Klaus Mann, Anka Muhlstein,
Marie NDiaye, Pablo Picasso,
Fritz J. Raddatz, Jürgen Ritte,
Sybil Gräfin Schönfeldt, Ayman Sikseck,
Friedrich Sieburg, Ilija Trojanow,
David Foster Wallace, Hanns Zischler